MICHELLE STYLES
Siete días sin besos

Editado por HARLEQUIN IBÉRICA, S.A.
Núñez de Balboa, 56
28001 Madrid

© 2007 Michelle Styles. Todos los derechos reservados.
SIETE DÍAS SIN BESOS, N° 5 - 10.10.13
Título original: Sold and Seduced
Publicada originalmente por Mills & Boon®, Ltd., Londres
Este título fue publicado originalmente en español en 2008

Todos los derechos están reservados incluidos los de reproducción, total o parcial. Esta edición ha sido publicada con permiso de Harlequin Enterprises II BV.
Todos los personajes de este libro son ficticios. Cualquier parecido con alguna persona, viva o muerta, es pura coincidencia.
® Harlequin y logotipo Harlequin son marcas registradas por Harlequin Books S.A.
® y ™ son marcas registradas por Harlequin Enterprises Limited y sus filiales, utilizadas con licencia. Las marcas que lleven ® están registradas en la Oficina Española de Patentes y Marcas y en otros países.

I.S.B.N.: 978-84-687-3654-9
Depósito legal: M-20123-2013

Uno

Roma año 68 A.C.

—Lydia, ven a ver. Un hombre está discutiendo con Gallus —Sulpicia entró al *tablinum* con tal ímpetu, que a Lydia se le rompió el hilo del huso.

Lydia Veratia dejó el huso y fue hacia la ventana junto a la que estaba de pie su cuñada. Agradecía tener una excusa para dejar de hilar, aunque no fuera más que para observar cómo el sirviente de su padre se peleaba con alguien.

—¿De qué se trata esta vez? —preguntó Lydia mirando a través de los postigos. Gallus hablaba haciendo gestos con un desconocido.

Sulpicia se acercó aún más a la ventana y se puso la mano en el oído para amplificar el sonido.

—Creo que es algo relacionado con un pedido de vino.

—Creí que eso había quedado solucionado hace ya varias nonas —Lydia observó al hombre con el que discutía el desventurado sirviente.

Tenía los pies, cubiertos con unas sandalias, plantados con firmeza, como si se encontrara en la cubierta de un barco. La toga azul oscura y la túnica bordada que vestía demostraban que no se trataba de un simple sirviente. El hombre levantó la vista y Lydia se encontró de lleno con sus ojos. Él esbozó una tenue sonrisa y la saludó con una inclinación de cabeza. Lydia cerró el postigo y se retiró de inmediato de la ventana.

—Estoy segura de que Gallus sabrá resolver el problema. Yo no puedo ocuparme de nada de eso; debo comportarme como una dama romana y quedarme hilando mientras mi padre me busca un esposo que me convenga.

—Publio ha enviado otra tablilla —dijo Sulpicia mientras se acercaba a ella para acurrucarse en su pecho—. Quiere saber si ha llegado el último cargamento de *liquamen* o si ha vuelto a retrasarse.

Lydia sintió un ligero dolor de cabeza. Debería haber imaginado que Sulpicia tendría un motivo para ir a buscarla, que querría que hiciera algo. Normalmente a aquellas horas su cuñada estaba en los baños, chismorreando con sus amigas o enterándose de las últimas noticias sobre la guerra contra los piratas de boca de los pregoneros del foro.

—Debería preguntárselo a nuestro padre.

—Pero Cornelio ha estado enfermo y no quiero preocuparlo, sobre todo por algo tan insignificante —añadió Sulpicia con un mohín y llevándose la mano al vientre. Era evidente que el bebé estaba dándole paraditas—. Tú podrías enterarte, Lydia. Publio dice que el cliente se niega a dar más dinero hasta recibir la carga. Sólo quiero saber cuándo se envió. Lo buscaría yo, pero no sabría dónde hacerlo, sin embargo tú sabes dónde está todo en el estudio.

Lydia se frotó la nuca en un gesto dubitativo, pues no quería ceder a la tentación. Había dado su palabra.

—Antes de que se marchara le dije a Publio que guardara bien sus denarios. A veces los pedidos de *liquamen* tardan en llegar. Las ánforas en las que se transporta la salsa de pescado tienen una forma extraña y a veces el producto alcanza un precio muy elevado en Corinto. Ofelio tiene muy buena reputación.

—Publio estaba siendo muy cauto —aseguró Sulpicia sonriendo tímidamente—. Pero le surgieron unos gastos inesperados. Puede pasarle a cualquiera.

—Publio se gasta el dinero con demasiada facilidad.

Sulpicia parpadeó y le puso la mano en el brazo a su cuñada.

—Míralo tú… te lo pido como un favor especial. Me quedan pocos meses para dar a luz y tengo la misma delicadeza que los elefantes de guerra de Aníbal.

—Mi padre me tiene prohibido entrar en su despacho; las mujeres deben dedicarse a atender las labores de la casa y no a buscar listas de envíos. Últimamente tiene un humor muy cambiante, está muy raro desde la enfermedad —añadió Lydia haciendo un esfuerzo para ocultar la amargura de su voz.

—Nuestro padre no se da cuenta de que tú salvaste esta casa cuando él cayó enfermo. Vamos, Lydia, habrás salido antes de que nadie se dé cuenta —dijo en un susurro de conspiración—. Gallus está ocupado con ese hombre. Encuentra la tablilla y tráela. Si no quieres hacerlo por mí, piensa en cuánto se enfadará nuestro padre cuando descubra la deuda de Publio. Podría incluso sufrir otro ataque.

Viéndolo desde esa perspectiva la petición de Sulpicia resultaba aún más tentadora. Dejaría de hilar durante un rato y podría además comprobar el estado de otros pedidos. Su padre tenía buena intención, pero lo cierto era que no era el mismo de siempre; las cosas se le perdían a menudo. Esa misma mañana, Lydia había oído protestar a Gallus por tener que buscar unos rollos que se habían extraviado. Se quedó pensativa unos segundos. La noticia de que su hermano había vuelto a sus costumbres derrochadoras podría desde luego provocarle una recaída a su padre.

—Publio debería haber tenido más cuidado.

—Yo seguiré hilando por ti, Lydia —le ofreció Sulpicia como último recurso—. Nadie sabrá que estuviste allí. Cornelio está en el senado. Un vistazo, eso es todo lo que te pido.

Lydia miró el enorme montón de lana que la esperaba.

—Está bien, Sulpicia, pero sólo por esta vez.

Ya había oído demasiadas excusas de aquel sirviente.

Quinto Fabio Aro lanzó una mirada de rabia a la puerta cerrada. ¿Cuántos días tendrían que seguir parados sus barcos en Ostia, esperando el prometido cargamento de vino de Falerno.

El dinero que había recibido por el vino le permitiría poner en marcha la última fase de su plan; podría por fin cumplir la promesa que había hecho a su padre en su lecho de muerte. La familia Fabio volvería a ser una de las más importantes de Roma, se prometió apretando la empuñadura de la daga.

Aquella estancia, con su suelo de mosaico y sus paredes decoradas con frescos, denotaba riqueza y esplendor, o al menos eso pensó Aro hasta que observó detenidamente el delfín que había en el centro del intrincado mosaico. Faltaba una tesela, señal inconfundible de que aquel hogar sufría algún problema de dinero, igual que lo eran las manchas de humedad que distinguió en el fresco junto a la ventana. Parecía que Veratio Cornelio no tenía una situación tan acomodada como pretendía hacer creer.

Esbozó una lúgubre sonrisa. Ese tramposo lo tenía bien empleado. Nadie jugaba con Fabio Aro.

Hacía dieciocho meses, en la cubierta de su trirreme preferido, el Lobo de mar, había negociado con Veratio Cornelio transportarlo a él y a sus especias a Corinto a cambio de un cargamento de vino de Falerno. Ahora había llegado el momento de que el senador cumpliera con su promesa antes de que los vientos cambiaran y resultara imposible navegar hacia el norte de África y Cirene.

Tres veces había enviado a sus hombres y tres

veces los habían despedido con la misma promesa: el rollo se había extraviado, pero el vino llegaría al día siguiente.

Ahora el senador tendría que responder ante él.

Aro bajó la cabeza para escuchar con atención. La sala había estado en silencio hasta aquel momento, pero estaba seguro de que ahora se escuchaba el sonido de un estilete al raspar el papiro. Sin duda Veratio Cornelio había creído que la inoportuna visita se había marchado y había decidido volver al trabajo, lo que demostraba su cobardía.

Por el tridente de Neptuno, debería haber dejado a Veratio Cornelio en el mar en lugar de rescatarlo tras el hundimiento del barco. Debería haber recordado las palabras de su padre sobre el modo en que los Veratio retorcían siempre la verdad.

—¿Dónde está el vino de Falerno que me prometiste, Veratio Cornelio? —preguntó Aro al tiempo que abría la puerta de golpe—. Tú y yo teníamos un acuerdo.

Se quedó inmóvil en el umbral de la puerta porque, en lugar de un senador de pelo gris concentrado en sus tablillas y rollos de papiro, encontró a una mujer con una túnica azul. El pelo castaño oscuro se le escapaba en mechones que le caían sobre el rostro. Al oír la puerta, su mano se quedó paralizada dejando a medias lo que estuviera escribiendo. Abrió los ojos de par en par, pero no tardó en recuperarse del susto y esconder un rollo bajo las tablillas que cubrían la mesa.

—¿Quién es usted? Gallus va de mal en peor —la dama enarcó una ceja perfectamente delineada, pero Aro se fijó en que tenía una mancha de tinta en la cara—. Esto es un despacho privado. ¡Salga de aquí inmediatamente!

—Usted no es Veratio Cornelio.

—No, no lo soy —bajó la cabeza y siguió anotando de manera intencionada.

Aro esperó a que dijera algo más, pero parecía tener toda su atención centrada en la escritura.

—Está sola.

—¿Tiene costumbre de afirmar todo lo evidente?

—Tengo negocios con el senador Veratio Cornelio.

—Mucha gente hace negocios con él. Es uno de los senadores más importantes de Roma —movió las tablillas con gesto de impaciencia y miró hacia la puerta—. Me temo que tendrá que esperar su turno.

Aro respiró hondo. No iba a permitir que lo despachara tan sencillamente, como si no fuera más que un mensajero. Además, ¿quién era esa mujer? ¿Sería la esposa de Veratio Cornelio? ¿Y por qué estaba en su despacho?

—Es imprescindible que hable con él —dijo midiendo bien su tono de voz y sin mirarla directamente a la cara—. Soy Fabio Aro.

Esperó a recibir la respuesta y el reconocimiento que merecía como jefe de la casa Lupan, una de las casas de comercio más importantes del Mediterráneo occidental.

—Ese nombre no me dice nada —contestó ella volviendo a mirar a las tablillas, pero unos segundos después levantó la vista y clavó sus ojos castaños en él—. Debería hablar con su ayudante, es él quien se encarga de estos asuntos.

—Ya lo he hecho, fue él el que me envió aquí.

—Pues le ha hecho perder el tiempo —volvió a hacer un gesto indicándole la puerta—. Le suplico que no lo pierda más.

Aro hizo caso omiso a aquella clara invitación a marcharse. Veratio Cornelio tendría que volver en algún momento y él iba a averiguar por qué había creído que podría tomarle el pelo de aquella manera. No tenía ningún sentido. Como tampoco tenía ningún sentido que una mujer de buena cuna, como sin duda lo era aquélla, estuviera ordenando tablillas como un escribano.

—Usted no debería estar aquí.

—Soy Lydia Veratia. Tengo todo el derecho del mundo a estar aquí.

Su respuesta fue rápida y la acompañó de un ligero movimiento de cabeza y de una mirada desafiante. Aro se llevó la mano a la barbilla; no estaba del todo seguro de que aquellas palabras fueran verdad. No sabía dónde debería estar Lydia Veratia, pero desde luego no era allí.

—No creo que su padre sepa que está aquí mirando sus cosas.

—Está diciendo tonterías —levantó la cara y lo miró fijamente, retándolo a responder en lugar de acobardarse como habrían hecho la mayoría de las mujeres y también muchos hombres—. Tengo su permiso. ¿Qué le hace pensar que no sea así?

—No gritó al verme entrar, ni llamó al criado —Aro fue enumerando los motivos disfrutando del gesto de incomodidad que iba dibujándose en el rostro de Lydia.

Se acercó y le quitó de la mano la tablilla que había estado leyendo. Era una orden de envío de un pedido de *liquamen* con el sello de la casa de Ofelio. Se atrevía a apostar que la salsa de pescado no alcanzaría su destino. Ofelio solía utilizar aquel sello en los cargamentos que desaparecían misteriosamente.

—De hecho, tengo la sensación de que prefiere que nadie sepa que está en las habitaciones privadas del senador, rebuscando entre sus rollos de papiro.

—¿Siempre se entretiene tanto en inventar historias? —le quitó la tablilla de la mano y se puso en pie.

Era más alta de lo que Aro había esperado.

—¿Quiere que llamemos al criado para ver si tengo razón?

La tensión se reflejó en el rostro de Lydia Veratia.

—No creo que sea necesario —farfulló ella mirando al suelo.

—Dígame cuándo podré ver al senador y no se lo diré a nadie, se lo prometo —hizo un esfuerzo por sonreír, pero continuó mirándola como un halcón. Si conseguía ponerla de su lado, le sería más fácil encontrar a Veratio Cornelio. Ese cobarde se había escondido y dejaba que una mujer hiciera su trabajo—. Mi barco espera un cargamento de vino de Falerno que debería haber llegado hace tres semanas. Su padre y yo teníamos un acuerdo. ¿Debo suponer que dicho acuerdo tiene tan poco valor como la orden que tiene en sus manos? Créame, esa salsa de pescado no llegará a Corinto. Con esa casa comercial es mejor tener el dinero en la mano antes de nada.

Lydia Veratia levantó el rostro de golpe al oír aquellas palabras, tenía los ojos llenos de furia.

—Mi padre no llegó a tal acuerdo —aseguró con un golpe en la mesa que hizo que se moviera todo lo que había sobre ella—. Si lo hubiera hecho, yo lo sabría.

—¿Acaso está al corriente de todos los negocios de su padre?

—De la mayoría. Él... confía en mí —añadió con voz tranquila—. Y... se equivoca sobre el *liquamen*. Se ha retrasado. Eso es todo.

Se encogió de hombros y el manto que llevaba sobre los hombros se le escurrió dejando a la vista la delicada piel de su cuello, pero enseguida volvió a ponérselo y la visión no fue más que una especie de espejismo. Sin duda una maniobra destinada a distraer su atención. Aro había visto utilizarlo a demasiadas mujeres como para dejarse engañar. No pudo evitar sin embargo que se le acelerara el pulso.

—¿Por qué no buscamos a su padre y lo discutimos con él? Así podrá usted demostrarme que me equivoco —Aro apoyó ambas manos en la mesa y se inclinó hacia delante, así vio cómo el color desaparecía del rostro de la dama—. Usted debe de saber dónde se encuentra y cuándo se espera que regrese. ¿O eso tampoco se lo dijo?

—Eso no es asunto suyo —agarró el estilete y señaló la puerta una vez más—. Váyase o llamaré al criado. No comprendo cómo le ha dejado entrar aquí solo. ¿Con qué lo sobornó?

—No ha sido necesario que le ofreciera ningún tipo de soborno. Me escuchó y lo comprendió —se puso en tensión al ver que ella miraba a su alrededor. ¿Qué iba a intentar? ¿Qué haría para distraer su atención esa vez? No pudo evitar recordar la última vez que se había encontrado con un oponente tan intrigante—. Su padre me debe un material muy valioso, por lo tanto es asunto mío.

—Aún no hemos establecido que realmente le deba algo —replicó ella con expresión relajada, pero el modo en que apretaba los puños delataba su tensión—. No ha ofrecido ninguna prueba, sólo su palabra.

Aro se estiró la toga, dando la impresión de no tener la menor prisa, pues ni Lydia Veratia ni su padre debían saber que se encontraba en una situación realmente precaria. Una hora más y habría desperdiciado otra marea. Cada día de retraso lo acercaba un poco más a los feroces fríos del norte, con los que sería muy peligroso navegar. El vino de Falerno valía más que su peso en oro, pero ni siquiera en su juventud, cuando lo único que le había importado era amasar una fortuna, habría puesto en peligro a sus hombres echándolos a la mar cuando hubieran empezado a soplar los vientos. Había conseguido mucho éxito sabiendo juzgar el estado del mar, llevando la carga al mercado y, lo más importante, conservando a sus hombres para el siguiente viaje. El problema era que aquel dinero le valdría para pagar a un intermediario que conseguiría que entrara a formar parte del senado. Así quedaría cumplida la promesa que le había hecho a su padre y su rama de la familia Fabio, habría recuperado el lugar que le correspondía en lo más alto de la sociedad.

—Su padre y yo hicimos un trato hace dieciocho meses. Me ofreció oro y un cargamento de vino de Falerno a cambio de que yo lo transportara a Corinto. Yo daba el negocio por hecho hasta que el capitán de uno de mis cargos me dijo que no había podido recoger la carga. Acaba de regresar a Roma procedente de Egipto.

El gesto de Lydia Veratia cambió de pronto al oír aquello.

—Usted es el pirata que reclamó un rescate después de que el barco de mi padre sufriera algunos daños en una tormenta.

—No, soy el mercader que dio cobijo a su padre a bordo de mi barco cuando el suyo estaba a punto de hundirse —Aro pronunció cada una de las palabras con extremo cuidado, pero con evidente rabia. Llevaba años poniendo en peligro su vida y sus barcos, luchando con otras tripulaciones por llegar el primero a puerto y rara vez dudaba en seducir a una bella mujer, pero jamás había ejercido la piratería—. Si nosotros no hubiéramos estado allí, su padre se habría ahogado. Perdí a dos valiosos hombres en la tormenta, por salvar las especias de su padre.

—Pero él le pagó más que suficiente por el esfuerzo.

—¿Acaso es experta en dichos asuntos? ¿A qué se debe eso? ¿Es usted la escribana de su padre? —preguntó sin poder ocultar la incredulidad que le merecía la idea, pero Lydia continuó mirándolo sin inmutarse, por lo que él optó por sonreír de manera indulgente, algo con lo que había cautivado a muchas mujeres—. Habría jurado que tendría la cabeza ocupada en otras cosas como llevar la casa y no en un trabajo tan aburrido como el de supervisar la contabilidad del negocio de transportes de su padre.

En lugar de echarse a reír, Lydia Veratia frunció el ceño.

—Sé muy bien lo que se paga por un pasaje a Corinto, no es tan difícil de averiguar. La tarifa es de treinta denarios, mucho menos de lo que usted cobró —en su voz había un toque frío como el hielo.

—Hay viajes y viajes —Aro apretó los dientes. La última vez que alguien se había atrevido a cuestionar sus tarifas apenas se había secado aún la pintura de su primer barco—. Puse en peligro mi vida y la de mis hombres por rescatar a su padre y el cargamento de su embarcación.

—Soy una mujer, pero no tengo nada de tonta, así que le pido que no me trate como si lo fuera.

—Yo nunca he dicho que usted careciera de inteligencia —respondió Aro rápidamente—. Pero pensaba que preferiría dedicarla a otros asuntos.

—En lo que yo ocupe mi mente no es asunto suyo, pero le diré que prefiero los negocios al hilo y el huso. Además, mi padre valora mis opiniones —bajó la cabeza y continuó mirando las tablillas—. El vino de Falerno está en otra parte. Se vendió al mejor postor en las últimas nonas —le mostró una de dichas tablillas—. Todo fue perfectamente legal. Debería estar satisfecho con la tarifa que cobró por el pasaje a Corinto y por la comisión que, según tengo entendido, recibió por las especias.

Aro la agarró de la muñeca, impidiéndole que se moviera. Estaba harto de traiciones. Si Veratio

Cornelio creía que podía engañarlo sólo porque era mercader y no un senador romano, estaba muy equivocado. Las palabras de su padre resonaron en su mente.

—¿Qué quiere decir con que se vendió?

—¡Suélteme!

—No hasta que me diga a quién se vendió y por qué. Su padre no tenía derecho a venderlo, teníamos un acuerdo que lo obligaba legalmente.

—¡He dicho que me suelte! No es asunto suyo quién compró el vino.

Lydia intentó zafarse de la mano de aquel hombre de hombros anchos y fuertes que había invadido el sanctasanctórum de su padre, pero sus dedos se lo impidieron. Era un hombre peligroso, indómito. Estaba tan cerca de él que podía ver el brillo dorado de sus ojos.

Se mordió el labio inferior. Debería haber llamado a Gallus nada más verlo entrar en la habitación, pero eso habría ocasionado muchas preguntas por parte de su padre sobre su presencia allí. No deseaba provocar su furia. No, ya era tarde para lamentos.

Bajó la mano y entonces, tan repentinamente como la había agarrado, la soltó. Sintió un hormigueo en la piel que él había tocado y se frotó la muñeca para deshacerse de tal sensación.

—Claro que es asunto mío, mucho más que suyo —respondió con voz tranquila, pero sin apartarse de su lado—. La mayoría de las mujeres se dedicarían a hilar en lugar de revolver rollos y tablillas. ¿Por qué sabe tanto de los negocios de su padre? Aún no me ha explicado por qué desea mantenerlo en secreto.

Lydia sintió cómo la ira crecía dentro de ella. Su vida iba más allá de los hilos y los chismorreos de los baños; ella no era una de esas mujeres que vivían sólo para el placer. En los últimos seis meses, además de llevar la casa, había aprendido a llevar también los negocios de su padre, y lo hacía bastante bien. No necesitaba que un capitán de barco le dijera lo que debía hacer.

Vender el vino de Falerno había sido un golpe maestro. Pompeyo había barrido a los piratas del Mediterráneo, con lo que había acabado también con el negocio de su padre. Publio siempre había asegurado que aquel hombre era un afamado pirata. El vino de Falerno había pasado toda una temporada en un almacén, olvidado, y durante la enfermedad de su padre, cuando las facturas del doctor se habían añadido a las ya cuantiosas deudas, le había parecido que lo más sensato era venderlo. El pirata, aun estando vivo, jamás se atrevería a reclamarlo.

Problema resuelto. El honor de los Veratio quedaba salvado.

Al mirar a los ojos marrones de aquel hombre y notar el calor de su respiración en la mejilla, Lydia sintió un extraño desasosiego. Quizá debería haber vendido otra cosa, pero en aquel momento le había parecido la única solución. Su padre debía vivir. Los médicos y adivinos reclamaban dinero y Publio había perdido una fortuna en el juego.

No, había hecho lo que debía.

¿Cómo sabía siquiera si ese hombre decía la verdad? Podría haber oído la historia en algún lugar y había decidido reclamar los bienes como si le pertenecieran. Lydia respiró hondo. Sí, sin duda era eso. Tenía que serlo.

—No pretendo hacerle ningún daño. Sólo quiero lo que me pertenece legítimamente.

—Pompeyo ha acabado con todos los piratas —dijo Lydia apretándose el puente de la nariz. Aquel hombre estaba poniendo su vida en peligro al aparecer allí; la vía Apia estaba flanqueada por una larga hilera de piratas crucificados—. Los piratas ya no son un peligro y la gente ha dejado de temerlos.

—Y yo me alegro de ello —afirmó con exageración burlona y acompañando sus palabras con una reverencia que dejó ver una pierna fuerte, musculada por el trabajo—. Los piratas llevan años amenazando a los comerciantes de bien; los mercaderes hemos sufrido mucho por su culpa.

—Entonces usted no es pirata —murmuró Lydia llevándose la mano a la boca. La posibilidad de que Publio le hubiese mentido hizo que se le encogiera el estómago. Eso significaría que había cometido un terrible error.

—¿Estaría aquí, en Roma, a plena luz del día si lo fuera?

—¿Cómo voy a saberlo?

—¿Le parezco tan tonto como para aparecer en Roma sabiendo que han puesto precio a mi cabeza? —le preguntó él enarcando una ceja y con media sonrisa en los labios.

Lydia no tenía la menor duda de que a la mayoría de sus amigas a esas alturas ya les estarían temblando las piernas. Tenía unos ojos preciosos y unas piernas que no tenían nada que envidiar a las de los gladiadores.

—Puedo asegurarle que mi vida vale mucho más que un cargamento de buen vino —añadió él.

Lydia apretó los labios con fuerza mientras admitía ante sí que lo que decía parecía lógico. Habría sido un auténtico suicidio presentarse en Roma, sobre todo si se hubiera tratado de un pirata tan reputado como había asegurado Publio. Tenía que ser un impostor, pensó entonces con alivio. Un impostor que se había enterado del negocio que su padre había hecho con el hombre que lo había rescatado en el mar.

—No sé lo que haría usted y lo que no —se cruzó de brazos y lo miró fijamente—. No es asunto mío. ¿Qué prueba tiene de que ese vino era para usted? También podría ser que oyera la historia del vino por ahí y pensara que merecía la pena intentar hacerse con él mediante un engaño.

—Si la dama quiere una prueba, sin duda la tendrá —hizo una nueva referencia y sacó una tablilla.

El corazón le dio un vuelco al ver el primer sello. Una cabeza de lobo.

—¿Pertenece usted a la casa Lupan?

—Estoy al frente de ella, sí.

La impresión fue aún mayor cuando vio el sello que había junto al primero, era el de su padre. Aquel hombre era el legítimo dueño del vino, el mismo vino que ella había vendido sin el consentimiento de su padre y sin que lo supiera siquiera.

Las cosas iban de mal en peor. Había oído todo tipo de rumores sobre los éxitos de la casa Lupan. Se decía que el jefe de dicha casa de comercio había sido bendecido por los dioses, que era un auténtico hijo de Neptuno, dios del mar. Un hombre que, al igual que el rey Midas, convertía en oro todo lo que tocaba, y no era de extrañar con los precios que cobraba.

—Debería habérselo dicho al criado. Debería haberme dicho quién era.

Fabio Aro emitió un sonido de furia y Lydia maldijo su mala fortuna. ¿Por qué habría mentido Publio acerca del vino? Si lo hubiera sabido, jamás lo habría vendido. Había cometido un gran error al ofender a una de las casas más poderosas del Mediterráneo. Pero lo peor era que seguramente Publio lo había sabido desde el primer momento.

—¿Dónde está mi vino? —preguntó Aro de nuevo, esa vez con un ligero toque de amenaza.

—Vendido, ya se lo he dicho —se apretó el manto alrededor de los hombros.

—Entonces Veratio Cornelio me debe el oro de la venta. Ha vendido algo que me pertenece y por lo que habría podido recibir tres veces más en el norte de África.

Lydia tragó saliva. Tres veces más, debía de estar mintiendo. Se atrevió a levantar la vista hacia él. Sus rasgos parecían más duros y firmes. Decía la verdad. Jamás debería haber caído en la tentación, debería haber vendido alguna de las propiedades del norte. Cualquier cosa menos el vino.

—Necesitaré algún tiempo para reunir el dinero —empezó a decir mientras buscaba una buena excusa para ganar dicho tiempo.

—Tiempo es algo que no tengo. Tengo muchos compradores en la costa africana esperando ese vino; tendré que comprarlo en otro lugar y arriesgarme a emprender viaje con los vientos del norte.

—Tendrá que hablar de ello con mi padre —dijo Lydia con un gesto de dolor.

No le quedaba más remedio que explicarle la situación a su padre y enfrentarse a su ira. La cuestión era cómo darle la noticia. Los médicos le habían dicho que debía estar tranquilo y no dejar que nada lo preocupase. Estaba segura de que encontraría un comprador para las propiedades de su madre, si disponía de unas semanas.

—Estamos donde empezamos. Debo hablar con su padre.

—¿Quién desea hablar conmigo? —Lydia oyó la voz de su padre—. ¿Quién se atreve a invadir mi sanctasanctórum sin mi permiso?

Dos

Lydia cerró los ojos al oír la voz de su padre. Y Sulpicia creía que podría entrar y salir de su estudio sin que nadie se enterase... Ahora todo saldría a la luz.

Miró a Aro con furia, se estiraba la túnica sin la menor preocupación. Todo era culpa suya. Todo. Si hubiera acudido a recoger su vino de Falerno cuando debería haberlo hecho, nada de aquello habría sucedido. Qué propio de un pirata actuar de un modo tan poco limpio. Incluso mientras pensaba aquellas palabras, Lydia se daba cuenta de lo injusta que estaba siendo.

—Gallus me dice que se ha requerido mi presencia de manera urgente —las palabras de su padre retumbaron en la habitación—. Ha venido corriendo al senado y yo he tenido que excusarme para salir durante el discurso de Cato sobre la necesidad de limitar los estanques de peces en Roma. Así que más vale que haya una buena razón para hacerme venir.

—Este hombre, padre —comenzó a decir Lydia, consciente de que de nada serviría tratar de esconderse. Tenía que enfrentarse a su padre y aceptar el castigo que le impusiese. No quería ni pensar el daño que podría hacerle una confrontación con Fabio Aro cuando apenas se había recuperado aún del último ataque.

—Veratio Cornelio, por fin volvemos a vernos —la interrumpió Aro sin darle oportunidad a que dijera nada más. Su voz parecía tranquila, nada que ver con el modo en que le había hablado a ella—. Espero que la vida te haya tratado bien desde que nos separamos en Corinto. Como te prometí, tus especias se vendieron al doble de lo que esperabas.

—Fabio Aro. Sin duda vendrás en busca de tu vino. Ya iba siendo hora, las ánforas deben de estar ya llenas de telarañas, pero seguro que también podrás venderlo a mejor precio —su padre se detuvo en la puerta a estirarse la toga, especialmente la banda púrpura que la adornaba y que denotaba su clase social. La expresión de su rostro se endureció al verla a ella—. Lydia, has vuelto a abandonar tus labores. ¿Acaso no recuerdas lo que hablamos ayer mismo? Perdona a mi hija, Fabio Aro. Las jóvenes de hoy en día arruinarán a la república. En mis tiempos las mujeres siempre dejaban que los hombres se ocuparan de los negocios. Como decía Cato esta mañana, ¿dónde irá a parar todo esto?

Lydia trató de hacer caso omiso a la ceja enarcada de Aro y a su gesto de superioridad, pero por dentro se lamentaba de haberse mostrado tan arrogante antes, pues acababa de quedar muy claro que había mentido. Mientras retorcía el cinturón entre los dedos, pensaba en que no podría explicar cómo su padre la había animado a hacerse cargo de todo al caer él enfermo y cómo sin embargo parecía haberlo olvidado todo después de haberse recuperado. A veces, Lydia estaba a punto de creer a los adivinos que afirmaban que un demonio se había apoderado del cuerpo de su padre.

Desde luego aquélla era la última vez que ayudaba a Sulpicia y a Publio; de ahora en adelante Sulpicia tendría que recurrir directamente a su padre. Aquella mañana al despertarse se había atrevido a esperar que todo empezase a volver a la normalidad después de tanto tiempo, que su padre volviera a hacerse cargo de los negocios y ella pudiera volver a los baños a comentar con sus amigas las últimas obras de teatro y poesía o los escándalos, en lugar de preocuparse por a qué comerciante debían pagar primero y cuándo debía cosecharse el grano. Su intención había sido cumplir con su promesa, pero ahora su padre sabía que no lo había hecho.

Estaba además el asunto del vino...

Su padre dio un paso hacia el escritorio, pero entonces empezó a tambalearse. A Lydia se le cortó la respiración. No era ni la sombra del hombre que había sido y era evidente que Aro también lo había notado. Ni rastro quedaba ya de aquel enorme hombre con unas ansias de vivir igualmente grandes, en su lugar había un anciano encogido y con los ojos acuosos. Lydia observó detenidamente a Aro para ver su reacción, pero su rostro parecía una pieza de mármol. Permanecía inmóvil con la mano en la empuñadura de la daga.

—Parece haber algún tipo de problema con el cargamento de vino —dijo Aro—. Me preguntaba si podrías ayudarme a solucionarlo.

—¿Un problema? ¿Qué clase de problema? —Veratio Cornelio ladeó la cabeza sin comprender—. Yo aparté esas ánforas tal y como te prometí. Un Veratio jamás rompe sus promesas, por mucho que la haya hecho en la cubierta de un barco y calado hasta los huesos.

Lydia cambió de postura con inquietud. Tenía que decírselo. Tenía que confesárselo aun sabiendo que corría el riesgo de hacerlo recaer.

—El vino ya se vendió, padre.

—¿Qué? ¿Por qué y con el permiso de quién? —Veratio Cornelio tenía el rostro enrojecido y tuvo que apoyar una mano temblorosa en la mesa—. ¿Quién podría haber hecho eso? ¿Qué esclavo insensato se ha atrevido a hacer una cosa así? Dímelo y será castigado de inmediato, será azotado sin piedad.

Lydia dio un paso atrás. Lo que menos le convenía en aquel momento era que su padre explotara; tenía que hacerle comprender que había sido la única manera que había encontrado para sobrevivir.

—Yo tomé la decisión de vender el vino, padre —admitió por fin mientras se retiraba un mechón de pelo de la cara y trataba de no ver siquiera al hombre que tenía al lado. Tenía que procurar que su voz sonara tranquila—. Publio estuvo de acuerdo conmigo en que era lo mejor que podíamos hacer.

—Tú vendiste el vino —repitió su padre como si realmente no lo creyera.

—Sí, y el oro que obtuve por él ya se ha gastado —sentía el borde de la mesa clavándosele en los muslos. Deseaba salir corriendo, pero no podía huir, tenía que enfrentarse a la terrible expresión del rostro de su padre—. Me equivoqué al no decírtelo antes...

—¿Cuándo tenías pensado contarme lo que habías hecho, Lydia? —cada una de sus palabras dolía como un latigazo—. Tomaste mi sello sin pedírmelo y vendiste algo sobre lo que no tenías ningún derecho. Por Júpiter, necesitas un marido que te controle. Nunca debería haber escuchado tus consejos ni los de tu hermano; seré yo quien decida con quién te casas.

Lydia tenía un nudo en la garganta que le impedía hablar. Deseaba explicarse, pero sabía que su padre no iba a darle oportunidad de hacerlo. Los médicos y adivinos habían exigido que se les pagara por sus servicios, por no hablar del boticario.

¿Qué otra cosa debería haber hecho? ¿Dejar que su padre muriera o, si sobrevivía, quedara completamente deshonrado? Su posición como senador era muy importante para él y para toda la familia. Lydia no había podido permitir que perdiera dicha posición sólo porque el destino hubiera querido que cayera enfermo.

—Lo hice por ti, padre —susurró, pero él estaba mirando a Aro y no dio la menor muestra de escucharla.

—Si me concedes unos días, hasta las próximas nonas, reuniré el dinero —aseguró Veratio—. El honor me obliga a encontrar tu oro y lo tendrás tan pronto como sea posible. Mi reputación y la de toda mi familia están en juego. Lamento sinceramente lo sucedido.

El mercader cruzó los brazos sobre el pecho. Lydia se fijó en los músculos que sobresalían de los antebrazos. A diferencia de su hermano y de su padre, aquél era un hombre que se ganaba la vida con su trabajo. Su rostro parecía cada vez más cercano al mármol.

—Lamento no disponer de ese tiempo —declaró Aro sin un atisbo de comprensión—. Me diste tu palabra, Veratio Cornelio; pusiste todo tu honor en esas ánforas de vino. Mis hombres murieron por ti y por tus especias.

—Jamás imaginé que a la insensata de mi hija se le ocurriera venderlas —respondió su padre dando un golpe en la mesa—. ¿Qué hiciste con el dinero, Lydia, te compraste una túnica de seda nueva? ¿Qué tenías que hacer que no pudiera esperar?

—Yo... —Lydia trataba de encontrar las palabras necesarias para explicarlo sin que Aro se enterara de lo enfermo que había estado su padre; si se llegaba a saber, no habría esperanza de obtener más concesiones y negocios. Y, lo que era aún peor, el censor podría incluso retirar todos los derechos de su padre y la familia quedaría sin el estatus del que disfrutaban—. Padre, hice lo que pensé que era mejor en tales circunstancias...

Un gesto autoritario de su padre cortó sus palabras.

—Pensar nunca es bueno para una mujer —respondió—. Ningún hombre te aceptará como esposa si cree que te interesan las labores masculinas. ¿Por qué no puedes interesarte del mismo modo en las artes domésticas que le corresponden a una mujer?

—Hice lo que era necesario —insistió ella con la mirada clavada en el mosaico del suelo para que su padre no pudiera ver el daño que le hacían sus palabras. Se había esforzado tanto en los últimos meses mientras él estaba en cama... ¿Acaso no se había dado cuenta? ¿Acaso pensaba que su vasto imperio había funcionado solo? Publio había marchado al este con Pompeyo sin mirar atrás, pero las decisiones no habían podido esperar. La vida de su padre había dependido de dichas decisiones. Lydia agarró varios rollos de papiro que había sobre la mesa—. Todas las transacciones están por escrito. Ese dinero no se malgastó.

Su padre apenas miró los rollos, con lo que la angustia de Lydia no hizo más que aumentar.

—Tendrás tu dinero, Fabio Aro, pero tendrás que darme algún tiempo para que lo reúna.

—Ya he perdido demasiado tiempo —sus ojos brillaban con un destello dorado que a Lydia le recordó a la mirada de un lobo—. Lo que debo hacer es declararte deudor hoy mismo. Seguro que el censor tendrá algo que decir sobre un senador incapaz de pagar sus deudas.

—¡No haga eso! —exclamó Lydia—. No puede culpar a mi padre, él no sabía nada. Acaba de enterarse. Reuniremos el dinero de algún modo. Padre, contamos con mi dote, las propiedades en el norte de Italia. Si la venta se hace bien…

Pero Aro negó con la cabeza y su mirada se hizo aún más dura que el ámbar.

—¿Hay algo que pueda hacerte cambiar de opinión? ¿Aceptarías alguna otra cosa a cambio? —preguntó su padre.

—No tienes nada que yo necesite o quiera.

Al oír aquello, su padre se llevó ambas manos a la cara y se arrodilló en el suelo.

—Estoy arruinado. Completamente arruinado, y todo por darles demasiado a mis hijos.

Lydia se acercó a su padre para ayudarlo a levantarse, pero él rechazó su mano. Ella miró a Fabio Aro, que seguía inmutable.

Un escalofrío recorrió su espalda al darse cuenta de que el mercader tenía un plan, y no era nada bueno. Fabio Aro iba a arruinarlos por su culpa, por haber vendido la carga de vino. Tenía que hacer algo antes de que fuera demasiado tarde. Su padre no tenía la fuerza suficiente para soportar la cárcel.

—Si pretende castigar a alguien, castígueme a mí —dijo ella—. Mi padre actuó de buena fe; apartó el vino para usted. Fui yo quien lo vendió sin que él lo supiera, cometí un error. Así que si debe culpar a alguien, es a mí.

Contuvo la respiración y esperó. Él enarcó una ceja y después la miró de arriba abajo; primero el rostro, luego el cuerpo, como si estuviera desnudándola mentalmente. Lydia hizo un esfuerzo por mantenerse inmóvil, por no mostrar el terror que sentía.

—Quizá sí que haya algo que me interese —afirmó Aro con gesto pensativo.

—¿De qué se trata? —preguntó su padre.

—Tu hija.

—Mi hija no es parte del negocio —respondió de inmediato—. Lydia, puedes marcharte, ya has hecho demasiado.

Veratio Cornelio se puso en pie sin ayuda de nadie. En su voz se percibía un atisbo de su poder de otros tiempos. Lydia ya no podía hacer nada allí, así que comenzó a dirigirse hacia la puerta; debía obedecer a su padre aunque no quisiese marcharse, pues lo que iban a discutir era su destino.

—Hay muchas cosas de las que puedo desprenderme antes de vender a mis hijos —aseguró su padre sin molestarse siquiera en mirarla.

—No hablo de convertirla en mi esclava, sino de *coemptio*, de matrimonio entre un ciudadano romano y una mujer patricia.

Lydia se quedó helada con la mano en la puerta. No podía marcharse, no cuando su futuro estaba en juego.

¿Matrimonio? Sin duda las Furias habían invadido a Fabio Aro. Ella era hija de un senador y él, un mercader. Quizá fuera rico y poderoso, pero no pertenecía a la clase noble. Lydia se atrevió a echarle un vistazo, pero su rostro no revelaba nada, sólo podía ver la firmeza de su mandíbula y el brillo dorado de sus ojos. Era un hombre innegablemente atractivo, de pelo negro, hombros anchos y una bonita sonrisa, pero el matrimonio era algo muy importante. Algo que iba más allá de la atracción física. Se trataba del futuro de su familia.

—¿Mi hija y tú? ¿Casarla con un plebeyo? —añadió su padre con una especie de ladrido.

—Antes has mencionado que no está casada —le recordó Aro con voz tranquila.

—Pero estoy valorando varias posibilidades. Ninguna de ellas incluye a un plebeyo en su futuro.

—Yo necesito una esposa —afirmó Aro sin apartar la mirada de su interlocutor—. Y su hija no está casada.

—No obstante debo tener en cuenta a todos los pretendientes, compararlos entre sí —su padre se colocó la toga—. El linaje de los Veratio se remonta a Rómulo y Remo.

—Yo tengo el mismo número de ancestros —replicó Aro con fría determinación—. Casarás a tu hija con quien más valga la pena a tus necesidades y propósitos. No te molestes en negarlo, pues así es como se ha hecho siempre en Roma.

—Tú no eres un verdadero romano —espetó su padre con cierto desprecio—. Eres un comerciante, te manchas las manos con el trabajo físico.

A juzgar por el rostro de Aro, las palabras de su padre habían dado en el blanco y lo habían ofendido, aunque el mercader no tardó en ocultar dicha reacción.

—¿De verdad importa quién sea yo? —preguntó entonces—. Tienes un serio problema y te estoy ofreciendo una solución.

—Mi hija se casará bien, su matrimonio servirá para aumentar el prestigio de la familia —su padre se puso recto, tenía el rostro rojo como la túnica de un centurión y la frente húmeda por el sudor—. No la casaré con un capitán de barco.

—Soy mercader, dirijo una importante casa de comercio.

—No veo la diferencia.

—Si eso es lo que opina...

Lydia vio las intenciones de Aro.

Todo aquello era culpa suya. De nadie más. Fabio Aro se marcharía y caería sobre ellos la desgracia; los censores no tardarían en aparecer para retirarle a su padre todos sus derechos como senador.

La vergüenza lo mataría.

El color había abandonado su rostro, tornándolo gris. Lydia tenía que encontrar la manera de salvarlo antes de que sufriera otro ataque. Los doctores les habían advertido de que el siguiente podría resultar fatal. Tenía la boca seca.

—Padre, sé razonable. Sabes que muchos de nuestros amigos invierten en barcos —su voz le sonaba aguda y poco natural.

Su padre emitió un sonido de furia.

—Lydia Veratia es lo único que te queda para

negociar conmigo —Aro se inclinó hacia delante de manera que su rostro quedó a la altura del de su padre—. Su hija a cambio del vino de Falerno, vino con el que pagaste por tu vida. ¿Qué mercader te habría llevado con tus especias de haber sabido que eras un tramposo? Dime, ¿qué precio se paga en la actualidad por la hija de un senador arruinado al que los censores no tardarán en quitarle sus privilegios?

Lydia puso la espalda muy recta. Jamás debería haber vendido aquel vino, no debería haber escuchado las afirmaciones de Publio sobre los piratas. Ahora tendría que pagar el precio de tamaño error. No podía dejar que otro resultase castigado por algo que era responsabilidad suya. Tenía que hacer algo, el honor de su familia estaba en juego y, si lo perdían, serían necesarias varias generaciones para recuperarlo.

—¿Realmente importa, padre? —Lydia escuchó su propia voz como si sonara en la distancia—. Deberíamos actuar con sensatez. No tenemos el oro que Fabio Aro nos reclama. Yo vendí el cargamento de vino. Creo que debemos aceptar su oferta... Me casaré con él.

—Lydia, ¿cómo puedes decir algo así? —su padre se volvió a mirarla, completamente atónito, pero también algo aliviado.

—Si tu hija no tiene objeción…

Lydia vio cómo su padre bajó la cabeza y pidió al cielo que comprendiese por qué lo había hecho. Tenía que ganar tiempo para reunir el dinero y subsanar el error. Podría negociar el compromiso de un matrimonio *sine manu*, por el cual permanecería bajo la tutela de su padre, así tendría tiempo para vender las propiedades de su madre a un buen precio. Un compromiso no era lo mismo que un matrimonio, pues podía romperse fácilmente. O, en el peor de los casos, su padre podría solicitar el divorcio. Aquello sería un asunto de negocios, no la unión de dos seres iguales que deseaban estar juntos.

Pero no pudo evitar que se le encogiera el corazón. Lydia deseaba tener algún día un matrimonio como el que habían disfrutado sus padres hasta la muerte de su madre. Deseaba tener hijos y criarlos adecuadamente para que, cuando llegara el momento, ocuparan su lugar en el senado. Pero nada de eso era posible por el momento. Las Parcas habían querido que salvara el honor de su familia.

—Puesto que mi hija no tiene objeción al respecto —su padre hizo una pausa para estirarse la toga con la dignidad de un senador—, acepto tu propuesta de matrimonio.

—Formalizaremos el acuerdo esta misma noche —anunció Aro con una tenue sonrisa—. Estoy seguro de que no será difícil acordar las condiciones del mismo.

—Si así lo deseas —respondió su padre con tranquilidad. Después se volvió hacia ella—. Lydia, ahora deja que hablemos a solas, no es apropiado que una mujer presencie los detalles de su matrimonio.

—Como digas —Lydia se dio media vuelta para marcharse, pues sabía que no debía contrariar más a su padre. Debía confiar en él.

Aro le agarró la mano y se la llevó a los labios. Fue sólo un instante, pero el roce de su boca le provocó un escalofrío. Lydia tragó saliva. No quería reaccionar así. Había accedido a casarse con él para ayudar a su padre, no porque se sintiese atraída por aquel hombre.

—Ha salvado el honor de su padre. Es usted toda una romana.

—No me ha dejado otra opción —replicó Lydia retirando la mano para salir de allí tan rápido como le permitiera su dignidad.

—Lydia, tienes la cara tan blanca como la túnica de una virgen Vestal —le dijo Sulpicia tan pronto como la vio entrar en el *tablinum*.

—No es nada, Sulpicia —Lydia acarició al galgo que había acudido a saludarla mientras se concentraba en pensar en otra cosa que no fueran sus problemas para poder recobrar la compostura.

—¿Se ha perdido el cargamento? —Sulpicia le agarró ambas manos y la miró con los ojos muy abiertos—. No me tengas en suspenso, Lydia. Dime qué ha pasado con la salsa de pescado.

Lydia parpadeó varias veces, pues casi había olvidado el motivo que la había llevado al estudio de su padre.

—No, no. El cargamento salió como estaba previsto y, si alcanza Corinto, Publio recibirá su dinero. Supongo que la siguiente tablilla que recibas dirá que ha llegado sano y salvo. Ofelio tiene reputación de cobrar precios razonables, no como otros.

Ludia intentó olvidarse del otro mercader, de ése al que se había prometido… Fabio Aro, el de la mirada penetrante. No era de extrañar que tuviera tanto éxito en el comercio con su habilidad para negociar.

—Sabía que no me fallarías. Gracias, querida hermana —le dijo acompañando sus palabras con un beso en la mejilla—. Mientras no estabas, vino el boticario a traer unas pastillas. No estarás enferma, ¿verdad?

—No, son para mi padre.

—Le pedí a la criada que las dejara en tu habitación —Sulpicia la observó unos segundos en silencio—. Tengo la sensación de que hay algo que no me has dicho, algo que has descubierto en el estudio. ¿Hay malas noticias sobre Publio? Ahora somos hermanas, Lydia, puedes confiar en mí.

Lydia respiró hondo. Tenía que decírselo.

—Estoy prometida.

—¿Prometida? Pero eso es magnífico. ¿Quién es el joven senador? ¿Alguien que yo conozca? —pero no esperó a escuchar la respuesta sino que aplaudió con alegría y la perra la acompañó con un ladrido—. Esta casa está muy silenciosa últimamente. Haremos una gran fiesta para celebrarlo, como la que hicimos para Publio y para mí. Es una lástima que no esté él porque le encantan las fiestas. Tenemos muchas cosas que preparar. ¿Cuándo será exactamente?

—Creo que no conoces a mi prometido —Lydia se mordió el labio inferior y bajó la mirada hacia la perra—. Tendremos que hacer una fiesta tranquila por la salud de mi padre.

—¿Quién es entonces? Vamos, tengo derecho a saber con quién va a aliarse la familia.

—Fabio Aro.

Sulpicia se tapó la boca con la mano.

—Conozco a la mayoría de los Fabio, pero no recuerdo ese nombre. ¿Es muy joven? Eso no es ningún problema, los jóvenes tienen más vigor.

—No es ningún senador —aclaró Lydia y comenzó a moverse por la habitación—. Es un mercader, un comerciante.

—¿Quieres decir un plebeyo? —volvió a llevarse la mano a la boca—. Sólo has dicho dos nombres, por lo que podría ser peor que un plebeyo, quizá se trate de un antiguo esclavo. Ay, Lydia, no sabes cuánto lo siento. ¿En qué está pensando Cornelio? Los Veratio deben casarse con patricios, es lo que han hecho siempre.

—Fabio Aro es mercader —repitió Lydia con la cabeza bien alta. No había hecho nada de lo que avergonzarse, había actuado de buena fe. Si Publio le hubiese dicho la verdad, habría encontrado otro modo de solucionar la crisis—. Está al mando de la casa Lupan.

—¿Estás prometida con el Lobo de mar? —Sulpicia se quedó boquiabierta—. Lydia, he oído muchas historias sobre él; dicen que tiene un carácter tan fuerte como una tormenta en mitad del mar. Podría resultar difícil estar casada con un hombre así. Claro que también es muy guapo. Las mujeres se pelean por ocupar su lecho. Dicen que Cadmunia, ya sabes, la amiga de Clodia Metellia, llegó incluso a sobornar a su criado para que la dejara entrar a su dormitorio.

—¿Cómo puedes acordarte de todo eso?

—Fue un verdadero escándalo. Mi hermano tiene negocios con ellos —hizo un gesto con la mano—. No sólo soy una cara bonita, sé escuchar. Nunca se sabe cuándo te será de utilidad lo que oyes por ahí.

—¿Sabes algo más? ¿Algo que no sea tan escandaloso? —preguntó al tiempo que iba a sentarse junto a su cuñada.

—Por lo que he oído, apareció de la nada. Nadie sabe quién es su familia. Algunos dicen que es una especie de dios, por eso los mares se abren ante él. Otros creen que los demonios trabajan para él. En cualquier caso, tiene un temperamento tan legendario como su pericia en la mar. Lleva tres años seguidos llegando el primero a Roma con el grano de la cosecha —la mano fría y perfectamente cuidada de Sulpicia se posó sobre la de Lydia—. Quizá no debería haberte dicho nada, pero eres mi hermana y tienes que saber quién es tu futuro esposo.

Lydia apartó la mano de la de su cuñada y trató de pensar con claridad, pero el corazón estaba a punto de salírsele del pecho. En el foro siempre se podían oír todo tipo de rumores y a Sulpicia le encantaba escucharlos todos.

—Fabio Aro ha exigido que el compromiso se realice esta misma noche y mi padre ha accedido a ello.

—¿Esta noche? Pero si mi madre y yo tardamos tres meses en preparar el banquete. Dile que necesitas tiempo —Sulpicia se inclinó sobre ella—. Deja que yo hable con tu padre.

—Me temo que el tiempo es un lujo del que no dispongo —dijo Lydia mientras sentía cómo crecía el pesar dentro de ella. Si era verdad lo que había dicho Sulpicia, o siquiera la mitad de ello, no había hecho un buen negocio—. Hay otras cosas que tiene que atender.

—Pues que las haga ahora y deje la cena de compromiso para más adelante.

—Sé que intentas ayudar, pero está todo acordado —Lydia se frotó la nuca con la mano. De pronto se sentía cansada y asustada—. Debemos saldar una deuda. Publio se equivocó; fue Fabio Aro el que rescató a mi padre de la tormenta.

—Pero yo pensé que habían sido unos piratas —Sulpicia se ruborizó al recordar lo sucedido—. Publio nos dijo que había sido un peligroso pirata. ¿Cómo pudo cometer semejante error? Ya no queda ni rastro de ese oro, se gastó en pagar las deudas de Publio. Claro que eso no fue culpa suya, aquel juego no fue justo. Pero ya verás como lo paga todo con el dinero que obtenga del *liquamen*. Su suerte cambiará. La fortuna le sonríe.

Lydia se puso en pie y se sacudió los pelos de la perra de la túnica. Estaba harta de compadecerse. Si se mantenía ocupada, dejaría de preocuparse por lo que iba a sucederle.

—De nada sirve quedarnos aquí lamentándonos, Sulpicia. Tengo mucho que preparar para la cena de compromiso.

Tres

—¿Es que no has encontrado un lugar de peor fama para beber? —preguntó Aro a su capitán más experimentado.

El lugar era el típico antro al que Piso iba a beber, pensó Aro mientras cruzaba la estrecha habitación. Oscura incluso en el día más soleado e iluminada sólo con unas pocas lámparas. Los frescos de las paredes representaban escenas de juego de dados y de taba, las mismas actividades que se desarrollaban en las mesas. A pesar de ser tan sólo la séptima hora del día, el bar estaba lleno de personas a las que la mayoría considerarían los desperdicios de la humanidad... trabajadores mezclados con esclavos marcados y otros personajes sospechosos. La mujer que atendía la barra comerciaba además con los placeres de la carne, como dejaban muy claro la túnica bordada que llevaba y el explícito fresco que tenía a su espalda.

Piso se puso en pie después de soltarse de una de las mujeres que había junto a él.

—Aquí se pueden aprender muchas cosas, por ejemplo de esta vieja amiga mía —dijo señalando a la mujer que servía las bebidas—. ¿Has venido a pagarme el dinero que me debes? Ofelio compró ese vino hace semanas.

—¿Por qué iba yo a deberte nada? —Aro siguió sentado a pesar de que Piso le había hecho señas para que se sentara a su lado—. Eres tú el que me debes a mí. Veratio Cornelio no vendió nada.

—Pero Ofelio compró el vino.

—La apuesta era que el senador Veratio Cornelio le había vendido el vino a Ofelio y no fue así. Deberías prestar más atención al enunciado de las apuestas.

—Lo que debería hacer es no volver a apostarme nada contigo. Tienes la suerte de los dioses. Pensé que esta vez el dinero sería para mí —confesó con una sonora carcajada—. Y si no fue Veratio Cornelio el que vendió el vino, ¿quién lo hizo?

—Deberías estar poniendo a punto tu barco en lugar de jugar a la taba y escuchar los chismorreos del foro.

—Mis hombres saben muy bien lo que deben hacer. No todo el mundo es como tú, Aro; a algunos nos gusta disfrutar de la vida —Piso apuró su vaso de vino y se limpió la boca—. ¿Cuándo cargamos el vino? Podríamos zarpar antes del anochecer, el viento sigue soplando en la dirección adecuada. Es arriesgado, desde luego, pero con un poco de fortuna… Por todos los dioses del monte Olimpo, tú eres el hombre más afortunado que conozco.

—No vamos a ninguna parte —anunció Aro dejando una bolsa de monedas en el regazo de Piso—. Tenías razón sobre el vino, se vendió. Ahora felicítame. En lugar de adquirir todas esas ánforas de vino, voy a casarme.

—¿Que vas a hacer qué?

—Casarme con la hija del senador Lucio Veratio Cornelio.

—Estás de broma —el color había abandonado el rostro de Piso.

Aro se sentó en el taburete que había frente a él, para disfrutar de la reacción de su amigo.

—No es ninguna broma, viejo amigo.

—¿Casarte? ¿Tú? Siempre has dicho que el

matrimonio es para hombres estúpidos y sin criterio que no tienen nada que perder.

—¿Te parece que estoy bromeando? —Aro frunció el ceño al recordar su definición del matrimonio.

Piso negó lentamente con la cabeza.

—Bien, entonces quizá quieras desearme buena suerte y acompañarme esta noche en la cena de compromiso.

—Preferiría enfrentarme a un temporal en una costa rocosa antes que casarme con una respetable matrona romana.

—Yo me enfrenté a una de las peores tormentas provocadas por Neptuno y sobreviví —dijo Aro encogiéndose de hombros.

—Por Hermes, ese día creí que acabaríamos con las ninfas de Poseidón. Me salvaste la vida a mí y a toda la tripulación con tu manera de navegar —Piso estiró la mano—. Ves, todavía me tiemblan las manos sólo con recordarlo.

—Salimos con vida. Confía en mí ahora también.

—Pero, ¿casarte? Eso es algo completamente diferente.

—¿Y qué te hace pensar que los dioses no estarán conmigo esta vez? —Aro se llevó el vaso de vino a los labios y probó aquel líquido excesivamente dulce—. Estuvieron conmigo en Corinto y aún no me han abandonado.

—Si tanto necesitas una mujer —Piso señaló a la moza que deambulaba por la sala con una fina túnica que dejaba poco a la imaginación—, ¿por qué no te vas con Flora o haces uso de alguna casa de placer más elevada? Eso fue lo que tú me aconsejaste cuando me puse en ridículo por esa sirvienta de Atenas. ¿Te acuerdas, la de ojos grandes y dedos golosos?

—Ya he tenido muchas amantes, ahora deseo una esposa.

Aro borró de sus pensamientos el recuerdo de la túnica de Lydia, bajo la que se intuían las curvas de su cuerpo y el modo en que había entreabierto ligeramente los labios cuando le había besado la mano. El deseo físico no tenía nada que ver con el motivo por el que había hecho la oferta. No era más que una transacción comercial que resolvería varios problemas. El más importante era que eliminaba la necesidad de pagar a un intermediario. El senador Veratio Cornelio tenía influencia de sobra con el censor para asegurar que Aro fuera elegido para formar parte del senado. El brillo de los ojos de Lydia era algo adicional.

—¿Por qué?

—Tú no eres romano —comenzó a decir Aro

llevándose la mano al anillo que llevaba colgado al cuello con una cadenita, el sello de su padre. Un anillo que no se pondría en la mano hasta que hubiese cumplido su sagrada promesa, hasta que hubiera devuelto el honor a los Fabio.

—Por eso —respondió Piso con una carcajada—... por eso todos los días me arrodillo y les doy las gracias a los dioses por hacerme griego.

—Si yo fuera griego, no habría elegido este antro para entrar a beber —Aro miró a los trabajadores, esclavos y marineros que se habían reunido allí, la muchedumbre típica de los puertos de mar.

—Los griegos distinguimos el buen vino en cuanto lo probamos y Flora es agradable a la vista y no demasiado costosa —Piso lo miró detenidamente unos segundos—. Pero dime, ¿por qué ahora? ¿Por qué no antes, cuando esa viuda romana te persiguió por toda Baiae? Ella también era patricia. ¿Qué ha cambiado desde entonces?

—Pronto se abolirán las reformas de Sila —dijo Aro—. Ya te dije en los últimos idus que la sombra del dictador no duraría mucho.

—¿Por qué tienes tanto interés en entrar en ese nido de víboras intrigantes que es el senado? Ya tienes propiedades de sobra.

—Prometí recuperar todo lo que Sila le arrebató a mi familia injustamente y pienso cumplir mi promesa.

—¿Cómo? ¿Acaso ese matrimonio va a darte algo que no tengas ya?

—El matrimonio con una Veratio me dará los votos que necesito para entrar en el senado sin tener que recurrir a un intermediario —Aro dejó el vaso sobre la mesa—. Lucio Veratio Cornelio controla a mucha gente que no se atreverá a votar contra él. Ha prometido apoyarme, prefiere que el marido de su hija sea un senador. Cada vez que pienso en lo que tendría que pagarle a un intermediario… ese dinero que he perdido me parece poco comparado con lo que he ganado.

—Los romanos no son de fiar. Conozco muchos hombres que han sufrido por mujeres romanas, yo no confiaría en ninguna más de un rato —dio un trago del vaso que acababan de volver a llenarle—. Por eso me limito a la compañía de mozas y mujeres de moral relajada; con ellas siempre sé a qué atenerme.

—No soy un marinero a punto de empezar su primera travesía. Ya he navegado entre senadores antes —Aro miró los posos del vino mientras recordaba las negociaciones que había mantenido con Veratio Cornelio después de que su hija hubiera salido del estudio—. Esta tarde hemos redactado los contratos. El compromiso se celebra esta noche y la boda, mañana.

—Entonces brindo por la pareja —dijo Piso levantando su vaso—. Bebamos por tu felicidad, amigo.

Aro no levantó su vaso. La felicidad no era parte del trato.

—Por el matrimonio.

—Ésos son nuestros sitios —dijo una voz ronca a la espalda de Aro.

Piso se dispuso a ponerse en pie, daga en mano, pero Aro le hizo un gesto para que no lo hiciera. No quería empezar una pelea en aquel lugar, con aquella gente. Sin volverse a mirar al otro hombre, señaló una mesa vacía.

—Hay otros sitios libres. ¿Por qué no los ocupáis?

—Porque los nuestros son éstos.

Todo el bar se quedó en silencio, conteniendo la respiración. Aro vio que Flora había dejado de limpiar vasos y los clientes habían dejado de lanzar los dados y las tabas.

—No sabía que los taburetes tuvieran nombre —Aro habló con voz tranquila—. ¿Tú lo sabías, Piso?

—No tenía ni idea.

—Éstos sitios son nuestros —una pesada mano aterrizó en el hombro de Aro.

Piso cerró los ojos un instante, pero se quedó donde estaba. Sólo movió una mano ligeramente, para sacar tres dedos. Aro los vio, eran tres hombres. Habían estado en situaciones peores.

—No deberías haber hecho eso —advirtió Piso.

—Te pediría que retiraras la mano. Es una suerte que hoy esté de buen humor. Estamos celebrando mi compromiso. ¿Por qué no os sentáis a tomar un vino con nosotros y olvidamos cualquier desavenencia? —Aro tenía todo el cuerpo en tensión. Esperaría un instante más antes de responder. Si reaccionaba con rapidez, tendría ventaja sobre el adversario y quizá Piso y él pudieran salir vivos de aquello—. No hay necesidad de pelear. Estoy seguro de que hay vino de sobra para todos. Flora, dales a estos hombres una mesa y una jarra de vino de miel.

—Aquí no hay lugar para la escoria de la casa Lupan —respondió la voz ronca—. Aquí es donde beben los hombres de Ofelio.

—Yo bebo donde me place —dijo Aro lanzando el codo hacia atrás. El grito que oyó a continuación le confirmó que le había acertado en el estómago—. Nadie me dice lo que debo hacer.

Aprovechando la ventaja, Aro se puso en pie y

lanzó a su adversario por los aires. Nada más caer al suelo, Piso lo golpeó con una enorme jarra de vino. Uno de sus acompañantes, al que le adornaba el rostro una gran cicatriz, sacó una daga y se abalanzó sobre Aro, pero éste lo esquivó, aunque el filo le rozó la manga. Aro no dejó pasar un segundo antes de tirarle un puñetazo con el que lo lanzó contra la barra. Un ánfora le cayó en la cabeza y lo dejó inmóvil.

Aro se preparó para el siguiente golpe, pero al ver cómo se movía la cortina de la puerta supo que el último atacante había salido corriendo. En un abrir y cerrar de ojos, los jugadores habían vuelto a sus partidas y volvieron a oírse conversaciones y risas.

—Ya te dije que no deberías haberlo hecho —le dijo Piso al primer atacante—. No es aconsejable hacer enfadar al Lobo de mar, no es bueno para tu futuro y mucho menos para tu salud.

—¿Nos vamos? —preguntó Aro dejando dos denarios a Flora—. Ya he visto suficiente.

—¿Has echado un vistazo a estos hombres? —habló Piso en voz baja.

—Son hombres de Ofelio. Lo lamentará —Aro hizo una pausa antes de añadir con voz pensativa—: Lo que no comprendo es por qué ahora, después de tantos meses de paz. ¿Por qué desea empezar de nuevo las hostilidades? Hay negocio suficiente para ambas casas.

—Ofelio desea el respeto que tienes tú.

—Desde luego eliges los lugares más extraordinarios para pasar el rato —comentó Aro una vez estuvieron en la calle—. La próxima vez podrías buscar un lugar más tranquilo en el que el vino sea algo mejor.

—Puede que tengas razón.

Lydia colocó los pliegues de su túnica por cuarta vez y se atusó el pelo, que llevaba ahora peinado al último estilo: ondulado y cayendo en cascada.

Beroe, la doncella que compartía con Sulpicia, insistía en que las ondas le favorecían mucho más que el moño que solía llevar y del que siempre se le escapaba algún mechón. También le había repetido una y mil veces que no se tocara los rizos ni los posos de vino con los que le había coloreado los labios y las mejillas. Lydia intentó explicarle que a Fabio Aro no le importaba el aspecto de su prometida, pero Beroe no estaba de acuerdo, a todos los hombres les importaba el aspecto de la mujer que los acompañaba.

Echó un vistazo al atrio, con el estanque de

agua en el que se reflejaba la luz de las lámparas de aceite estratégicamente colocadas en el patio central de la casa. El jazmín había florecido y el perfume de sus flores llenaba el aire, dándole un toque de irrealidad a la escena. ¿De verdad estaba esperando la llegada de su prometido? Esa misma mañana lo único que le había preocupado era la escasez de aceite de oliva en la casa.

Un hocico húmedo rozó su mano.

—Korina, pensé que estabas encerrada en tu cuarto —le dijo a la perra—. Ya no podemos hacer nada, así que podré comprobar antes de casarme si a Fabio Aro le gustan los perros. No es que importe, pero me gustaría poder llevarte conmigo.

No debería importarle qué clase de hombre era. No tenía elección. Tendría que vivir con él hasta que su padre pudiera liberarla y hacer que volviera a casa con su honor intacto. ¿Cómo era eso que solía decir Sulpicia? Para un patricio el matrimonio no era la unión de dos corazones, sino de dos vidas con objetivos comunes. Por regla general, el amor no tenía nada que ver.

Lydia se acercó al altar y rezó a los Lares y a cualquier otro dios que estuviera escuchando. Les suplicó que todo saliera bien aquella noche y que le permitieran algún día disfrutar del tipo de unión que habían tenido sus padres.

Korina levantó las orejas y Lydia la acarició.

—Tranquila —dijo sin saber si se dirigía a la perra o a sí misma.

El sonido de voces y pasos llenó el pequeño atrio. Lydia tragó saliva y se volvió a mirar a los recién llegados.

Fabio Aro era el primero de toda una multitud de hombres. En lugar de toga, llevaba una túnica azul con hermosos bordados y un manto oscuro sobre los hombros que se ataba con un broche de oro. Era la imagen de un hombre de éxito. La túnica era algo más larga que la que había llevado por la mañana, pero no ocultaba sus piernas musculosas.

Lydia sintió un escalofrío. Aunque no tenía la belleza clásica de otros hombres, tenía algo diferente, un cierto poder. Podía imaginarlo perfectamente al mando de un barco.

—Lydia Veratia, esperaba que su padre saliera a recibirnos —dijo con aire socarrón.

—Está ocupado en el comedor —no pudo evitar preguntarse qué habría dicho su madre de que su padre se hubiera retirado al comedor con sus amigos en lugar de ejercer de anfitrión—. ¿Quiere que lo mande llamar?

Se acercó a Gallus, que enseguida se retiró con una reverencia. Aro siguió allí de pie, flanqueado por sus hombres en un silencio ensordecedor. Lydia se resistió a la tentación de jugar con un mechón de pelo. ¿Qué le decía una a su prometido?

Korina no parecía tener tantas dudas, porque se acercó a Aro en busca de atención. Lydia fue de inmediato a agarrar a la perra por el collar, pero se encontró con la mano de Aro. Dio un salto hacia atrás como si se hubiera quemado. Aro la miró con los ojos muy abiertos. Después acarició a Korina.

—Tiene la figura de un buen perro de caza —dijo él—. ¿Es suya?

—Es de muy buena raza —respondió ella con alivio—. Pero nunca ha cazado. La tengo desde que era un cachorro.

Lydia observó con deleite cómo Aro se arrodillaba para rascar la barriga a la perra, que movía el rabo con entusiasmo.

—Entonces no debería separarse de ella —dijo con una sonrisa—. Yo también tuve galgos en mi juventud. Son unas criaturas muy leales. Teníamos varios, pero se perdieron cuando nos fuimos de Roma.

—¿Ha vivido en otro lugar?

—¿Va a venir su padre?

Lydia frunció el ceño. Gallus había vuelto solo. No podía tener a Aro allí de pie por más tiempo.

—Algunos amigos del senado y varios clientes

de mi padre han venido a celebrar el compromiso. Seguro que está atendiéndolos y por eso no ha podido venir. ¿Le parece que nos unamos a ellos?

—Lo lamento, no. Hay muchas cosas que hacer. Quiero que mis barcos estén preparados para zarpar con la primera marea después de la boda —inclinó la cabeza—. Preparar un casamiento no figuraba entre mis planes para el día de hoy.

—Tampoco en los míos.

Lydia levantó la mirada y se encontró con sus ojos. Había algo oscuro e insondable en ellos que parecía llegar hasta el fondo de su alma. Retiró la vista de él, pero no sin esfuerzo.

De pronto se oyeron unas carcajadas y apareció su padre, con la túnica torcida. Se acercó a saludar a Aro. Las esperanzas de Lydia de que no se llegara a firmar el contrato se evaporaron en el momento en que su padre comenzó a hablar del precio de la novia. Lydia sintió que le ardían las mejillas.

—He traído el arra, el símbolo del precio de la novia —Aro le tomó la mano y le puso un anillo de oro y hierro en el cuarto dedo.

Un augur que había entre sus hombres se acercó y recitó las palabras que hacían oficial el compromiso.

Lydia no intentó retirar la mano a pesar del peso del anillo. Aro se inclinó sobre ella y posó sus labios en los de ella para darle el tradicional beso de compromiso, lo que significaba que a partir de ese momento tenía derecho a su cuerpo. El roce fue leve como el de una pluma, pero provocó una curiosa reacción en su interior e hizo que se preguntara qué sentiría si aquel hombre la besara de verdad. Se atrevió a mirarlo, pero descubrió que Aro tenía los ojos clavados en el augur, no en ella.

La ceremonia acabó un momento después con unas palabras más del augur. Su padre se dio media vuelta y desapareció hacia el comedor. A lo lejos se oyeron risas y gritos.

Lydia miró el anillo que ahora adornaba su mano. El arra, el símbolo del dinero que Aro había pagado por ella. Aquello no era una fantasía, el peso del anillo lo hacía real. Había tomado un camino que no sabía adónde la conduciría.

—¿Qué día ha fijado el augur para la ceremonia? —consiguió preguntar a pesar del nudo que tenía en la garganta.

—Será mañana por la tarde. Los auspicios son buenos —Aro enarcó una ceja con sorpresa, como si pensara que Lydia debía saber ya la respuesta.

—¿Tan pronto?

Le temblaban las piernas. Había creído que tendría tiempo para prepararse para el matrimonio y quizá incluso para que su padre reuniese el dinero necesario para anular el casamiento. Debería haber sospechado por el modo en que su padre había huido de la casa nada más marcharse Aro por la mañana. ¿Por qué no se lo habría dicho? Levantó la mirada hacia él.

—Tu padre estuvo de acuerdo —le dijo Aro sin la menor dulzura—. Las propiedades del norte de Italia serán tu dote.

—Eran de mi madre.

Aro le puso una mano en el brazo, una mano que la llenó de calor. No quería desearlo.

—No tienes por qué preocuparte —le dijo mientras le acariciaba la mejilla y la miraba con gesto pensativo—. Mi fortuna es suficiente para los dos, no voy a arrebatarte la dote; podrás dejársela a nuestros hijos.

Lydia lo miró sin comprender.

—No había pensado en tener hijos —ni siquiera se le había pasado la posibilidad y sólo con imaginarlo se le encogía el estómago. Aro parecía tener la intención de que el suyo fuera un matrimonio en todos los sentidos.

—Ésas son las condiciones —respondió él sin rastro de la dulzura que había suavizado su dura mirada unos segundos atrás—. A menos, claro, que dispongas del oro necesario para pagar el cargamento de vino.

—Yo...

—¿Por qué te ofreciste a ser mi esposa, Lydia? —le preguntó con una voz baja que fluía como la miel caliente—. Tu padre no lo deseaba.

—No había otra solución. Yo vendí el vino y gasté el oro que obtuve por él —Lydia tenía la mirada clavada en sus sandalias. ¿Cómo podía explicárselo? ¿Cómo podría aquel marino que era poco mejor que un pirata comprender su necesidad de proteger el honor de su familia?—. Tenía que hacer algo.

—Pero sólo era una estratagema, ¿verdad? —le agarró la barbilla y la obligó a levantar la cara para que sus ojos dorados pudieran observar su rostro—. Pensabas que así podrías ganar tiempo para reunir el dinero. Muchos hombres han intentado engañarme sin conseguirlo.

—Yo no huyo de mis responsabilidades. He dado mi palabra. Lo que ocurre es que pensé que no sería tan rápido. Se necesita tiempo para preparar la ropa de la boda —la excusa sonaba endeble hasta para sus propios oídos.

—Según me ha dicho tu padre, ya estuviste casada una vez —había abandonado la estrategia de la persuasión y se había decantado por ir directo al grano—. Tu ropa de novia está guardada en un baúl, por lo que no parece haber ningún motivo por el que no podamos casarnos inmediatamente.

—Mi padre te ha dicho muchas cosas —se había quedado sin excusas. Era fácil romper un compromiso, no así un matrimonio. Pero aquel hombre parecía haberlo previsto todo, por lo que no le quedaba más remedio que abandonarse a su suerte y confiar en la piedad de los dioses, aunque hasta el momento no habían mostrado ninguna—. Muy bien, Fabio Aro. Seré una buena esposa y cumpliré con mi parte del trato.

Los ojos de Aro recorrieron su cuerpo de arriba abajo, deteniéndose en la curva de sus pechos.

—Sí, Lydia. Lo harás.

Cuatro

Lydia palpó la extraña tela del tocado de novia. Resultaba difícil imaginar cinco piezas parecidas a aquélla cada día, como hacían las vírgenes vestales. El peso del tocado hizo empeorar el dolor de cabeza en el momento que abandonó el templo de Venus para dirigirse a casa de su padre. Se había entretenido en el templo lo más que se había atrevido, pidiéndole a la diosa que bendijera su futuro y su inminente boda, pero con la secreta esperanza de que se produjera el milagro y encontrase una solución al problema.

La diosa guardó silencio.

La noche anterior sus sueños habían estado plagados de hombres que se convertían en voraces lobos y ánforas de vino rebosantes de oro que desaparecían en cuanto ella intentaba tocarlas. Había despertado con el canto del gallo, empapada en sudor y con las sábanas enrolladas en el cuerpo.

Era la mañana de su boda y la casa bullía de actividad. Lydia no había conseguido respirar con tranquilidad ni un instante porque todo el mundo tenía algo que preguntarle o un problema que solucionar. Entonces había aparecido su padre acusándola de llegar tarde para la procesión al templo.

El collar de metal se le pegaba al cuello y el velo no dejaba de metérsele en la boca. El aroma de la hierbaluisa y el mirto de la guirnalda no contribuía a calmar sus nervios. No quería prestar atención a las miradas de los curiosos, por lo que mantenía la mirada baja, como correspondía a una novia de los Veratio. No iba a dar motivo alguno para que se chismorreara sobre ella en el foro o se dijera nada en contra de su familia.

Era perfectamente capaz de hacerlo. Se dijo a sí misma que no era diferente de cuando se había casado con Tito, pero sabía que mentía. Entonces había llegado al matrimonio si no con alegría, sí con satisfacción. Había conocido a Tito desde la infancia. Aun así, en los pocos días que habían estado juntos antes de que Tito marchara con su padre en aquel fatídico viaje, su esposo había cambiado; el muchacho sumiso de siempre se había convertido en un hombre orgulloso y autocrático.

Fabio Aro era algo completamente distinto, si eran verdad las escabrosas historias que le había contado Sulpicia. Cómo que hasta el mar lo obedecía por miedo a la furia de su temperamento. Si un hombre como Tito se había vuelto arrogante y había desoído sus consejos, no quería ni pensar lo que pasaría con Aro, ni lo que era ya.

Pero el roce de las manos de Tito nunca había hecho que se sintiera tan viva como se había sentido la noche anterior. El recuerdo de su boca tocándole los labios aún le aceleraba el corazón.

Quizá por culpa de aquel recuerdo, Lydia se tropezó con las piedras del suelo, pero la mano firme de su padre la agarró del codo y la condujo hacia un lado de la calle.

—Hija, espero que no me olvides a mí ni a tu antiguo hogar —le dijo su padre con una voz temblorosa cuando ya se acercaban a la villa—.Ven a visitarme siempre que te lo permita tu marido.Y procura que los asuntos de la familia sigan siendo sólo de la familia. Prométemelo.

—Te lo prometo.

—Gracias, hija mía —le puso la mano en la mejilla y la mantuvo allí—. Siempre serás la única hija verdadera de mi casa —añadió con lágrimas en los ojos.

Lydia sintió un escalofrío en la nuca.

¿Qué estaba insinuando? ¿Había algo que no le había dicho? Era muy propio de su padre hacer un comentario aparentemente inocente y esperar que ella siguiese adelante como si nada hubiese pasado.

Pero ella debía saber toda la verdad.

—Padre, voy a casarme *sine manu* —dijo ella sonriendo con inquietud—. Conservarás el control legal sobre mí. Podré visitarte siempre que lo desee y desearé hacerlo a menudo, así que no temas por ello. Aro no decidirá nada por mí.

—Calla, hija. No hagas una montaña de un grano de arena. No tengo la menor duda de que tu esposo será un hombre razonable. Después de todo, le interesa que se le relacione con los Veratio.

Veratio Cornelio le dio unos golpecitos en el brazo a modo de consuelo, pero sus ojos se apartaron enseguida de ella. Lydia se mordió el labio inferior. No había respondido a su pregunta. Su padre y su hermano tenían algo en común, el continuo empeño de tratar de evitar cualquier tipo de desavenencia. Había perdido la cuenta del número de veces que ella había tenido que atender a los acreedores simplemente porque ellos no habían estado disponibles. ¿Sería aquélla otra de esas veces?

—Padre, ¿qué quieres decir con que mi marido es un hombre razonable? —le tembló la voz al pronunciar la última palabra.

—No es momento para hablar de esto, hija. Mira, el novio y su séquito acaban de llegar. Demuestra que los Veratio siempre estamos a la altura de las circunstancias.

Lydia miró adonde apuntaba su padre y se quedó sin aliento. Había imaginado que Fabio Aro llevaría una túnica, pero iba ataviado con una elegante toga de lino que podría haber sido de malla por el modo en que moldeaba su musculoso cuerpo. El blanco inmaculado de la tela resaltaba su piel dorada, su cabello negro y sus misteriosos ojos. Describirlo como un lobo era bastante aproximado. Poderoso e indómito.

Se acercó a ellos acompañado por sus testigos, entre los cuales había cuatro senadores de pelo gris, resplandecientes con sus togas blancas y con la banda púrpura. Lydia observó la escena boquiabierta durante unos segundos, después cerró los labios con fuerza.

Vio también cómo su padre se inflaba de orgullo y acudía a toda prisa a saludarlos.

—Siento la tardanza, Fabio Aro —le dijo con

una especie de reverencia—. Ya sabes cómo se entretienen las mujeres en el templo de Venus. Mi hija quería hacer un último sacrificio.

—La espera ha merecido la pena —en sus ojos había más destellos dorados que nunca—. La novia nos llena de felicidad a todos.

Lydia sintió el ardor que le coloreaba las mejillas y un cosquilleo en los labios al recordar el roce de su boca. La atracción física era un aliciente para el matrimonio, o eso solía decir su niñera con gran solemnidad.

Aquel pensamiento fue como un jarro de agua fría. Aquél no era un matrimonio de dos almas como el de sus padres; era un matrimonio político que ella había aceptado tan sólo para salvar la dignidad de su padre. Un matrimonio que duraría sólo el tiempo que su padre estimara necesario, nada más. Lydia sería lo que siempre había sido, una hija obediente.

—¿Empezamos con la ceremonia? —sugirió ella con voz tranquila y sin mirar a Aro. La emoción no tenía cabida en aquel casamiento, tan sólo era una transacción comercial. Una esposa en lugar de un cargamento de vino—. ¿Dónde está el auspex?

—Está con mis invitados —dijo Aro señalando a un hombre delgado ataviado con una túnica sacerdotal—. Sus predicciones suelen ser muy certeras.

Lydia vio entonces cómo su padre se colocaba la toga y adoptaba la expresión que reservaba para cónsules o tribunos, aquéllos a los que consideraba sus iguales.

—Será mejor que pasemos al atrio, estamos atrayendo muchas miradas —apuntó su padre—. Hacía mucho tiempo que no recibía la visita de tan ilustre sacerdote.

—Lydia —le susurró Sulpicia al oído mientras caminaban juntas hacia el atrio—, ¿cómo lo habrá conseguido Fabio Aro? Ese hombre es el ayudante del Pontifex Maximum. Es casi como si fuera a casarte el pontífice, como si fuera un matrimonio de dos patricios.

—El dinero lo compra casi todo, Sulpicia —respondió Lydia con una tranquilidad que no sentía. Después se acercó al auspex intentando contener los elefantes de guerra que parecían habérsele alojado en el estómago.

A juzgar por la elección de los testigos y del sacerdote, parecía que aquel casamiento se hubiese preparado hacía tiempo.

Alguien llevó el cerdo al atrio para dar comienzo a la ceremonia. Lydia observó cómo lo abrían conteniendo la respiración y casi esperando que las entrañas del animal no fueran favorables. Pero no fue así, el auspex no tardó en dictaminar que aquel matrimonio contaba con el favor de los dioses y que, por tanto, podía celebrarse con su bendición. En todo momento, Lydia fue consciente de la cercana presencia de Aro, pues su toga le rozaba la túnica.

—Debes de estar contento —le dijo ella en un susurro—. Los dioses han bendecido nuestro matrimonio.

—¿Contento? —repitió él enarcando una ceja—. No es ni más ni menos que lo que esperaba. Las cosas tan importantes no se pueden dejar al azar.

Lydia abrió la boca con sorpresa, pero los invitados que de pronto los rodeaban hicieron que no siguiera preguntando.

Tan pronto como se intercambiaron los contratos y se les pusieron los sellos de los testigos, Lydia se volvió a mirar a Fabio Aro y se dio cuenta de que su aspecto era más el de un tribuno o un senador que el de un simple capitán de barco.

¿Había cometido un error? ¿Quién sería exactamente la familia de aquel hombre?

Todos los senadores por los que se había hecho acompañar habían sido simpatizantes de Cayo Mario, el hombre que había luchado y perdido ante Sila, hombres con los que su padre no había tenido apenas relación. Al principio de la guerra civil su padre había apoyado a Sila y la fortuna de la familia había aumentado considerablemente.

Lydia sintió un repentino terror. Tenía la sensación de que Quinto Fabio Aro era algo más de lo que en un principio había creído. Aquel matrimonio había sido muy rápido, demasiado.

—Padre...

—Hija, ¿cuándo aprenderás a estar callada? Casi interrumpes al auspex.

Antes de que pudiera preguntarle nada, el auspex prosiguió con la parte final de la ceremonia, la unión de las manos. Lydia trató de olvidarse del nudo que tenía en el estómago. Su padre sabía algo y pretendía ocultárselo hasta el último momento.

Movió la cabeza intentando sacudirse el miedo que empezaba a apoderarse de ella.

Aquella parte de la ceremonia era pura formalidad, un vestigio de tiempos pasados. Aro declinaría el ofrecimiento de su mano por parte de su padre y Lydia quedaría bajo la tutela paterna.

Así sería. Ese miedo que sentía era producto de su exagerada imaginación. Tenía que comportarse con la dignidad y la elegancia propias de una mujer perteneciente a una de las familias más importantes de Roma.

—Yo, Lucio Veratio Cornelio, te concedo la mano de mi hija, Lydia Veratia, a ti, Quinto Fabio Aro.

—Acepto el honor.

Su padre puso la mano de Lydia sobre la de Aro y él la agarró.

Lydia miró la mano fuerte que cubría la suya y después a su padre. Sintió también las cosas más nimias: el velo rozándole la boca, el roce de las tiras de las sandalias. Todo y nada mientras Fabio Aro completaba el ritual. Al principio creyó que había oído mal las palabras de su padre. Esas cosas ya no pasaban en la Roma que ella conocía. Pero entonces miró a su izquierda, vio el gesto asustado de Sulpicia y supo que era verdad.

Lo había hecho.

Su padre había hecho lo impensable.

La había casado con Aro, el Lobo de mar, entregándole su mano. Y el Lobo de mar la había aceptado.

¿Cómo había podido hacer una cosa así? ¿Cómo había podido su padre dejar que eso pasara sin decírselo, sin darle siquiera la oportunidad de protestar?

Sintió deseos de gritar, pero de su boca no salía sonido alguno. El auspex estaba ya envolviendo sus manos con una tela en lugar de ponérsela en la cabeza. Estaba hecho. Lydia ya no pertenecía a la familia Veratio.

Ahora todo pertenecía a su marido.

Su padre seguía allí de pie, con el rostro totalmente falto de expresión y la mirada al frente. Se disponía a dar el paso atrás que formaba parte del ritual como símbolo de su renuncia a todo control sobre su hija. Su padre había sabido el tipo de ceremonia que sería y se lo había ocultado intencionadamente. La había engañado igual que Ulises había engañado a los Cíclopes.

—Padre —le susurró ella para que se detuviera.

—No tenía otra opción, hija, pero debes confiar en mí. Haré todo lo que pueda —dijo apretándole brevemente el brazo antes de echarse atrás—. Haz que me sienta orgulloso de ti.

Aro no dio señales de haber visto nada extraño y siguió adelante, hablando con voz suave:

—Prometo cuidar de tu hija con mi vida. *Ubi tu Lydia Fabia, ego Quintus Fabius Aro.*

—Y ahora, Lydia —le dijo el auspex mirándola fijamente—, te toca a ti. Repite conmigo. *Ubi tu...*

Tenía que hacerlo, no tenía elección. Si se negaba a hacerlo, pondría en vergüenza a su padre delante de aquellos senadores y Aro no dudaría en reclamar el oro que le debían, haciendo pública su deuda. Aro estaría en su derecho de exigir que lo vendieran todo para pagarle. Ningún amigo de su padre movería un dedo para ayudarlo; todos ellos se comportarían como buitres, intentarían hacerse con todo lo que pudiesen por poco dinero, aunque siempre con palabras de comprensión. Lydia había visto muchas situaciones parecidas en los últimos años.

No, no tenía elección.

Para salvar a su padre y su reputación tendría que renunciar a su familia y entrar a formar parte de la de su marido. No tendría derecho a divorciarse de él ni a abandonarlo. Al entregarle su mano a Aro su padre la había privado de tal derecho.

Lydia pronunció la primera palabra, cerró los ojos y se concentró para seguir hablando sin que le temblara la voz. No podía avergonzar a su familia. Tenía que ser fuerte y mostrarse segura de sí misma. Abrió los ojos y se encontró con los de Aro, que la miraban fijamente. El sonido se negaba a salir de su boca.

Su padre le dio un suave codazo en la espalda. Volvió a intentarlo.

—*Ubi* tu Quintus Fabius Aro, *ego* Lydia Fabia.

—Ahora sois marido y mujer, *cum manu* —declaró el auspex—. Puedes besar a la novia.

Lydia levantó el rostro obedientemente, esperando el breve roce de sus labios como el día anterior. Los brazos fuertes de Aro la rodearon y la atrajeron hacia su pecho para que tomara lo que ya era suyo por derecho. Sintió los labios de Aro estrellándose contra su boca, capturándola y haciendo que se entregara a aquella increíble sensación. Lydia abrió la boca y de pronto nada importaba, sólo aquel beso.

Pero acabó tan repentinamente como había empezado. Aro retiró los brazos y ella quedó sin aliento, luchando por respirar. Una sonrisa de complicidad se dibujó en su rostro. Nadie, ni siquiera Tito, la había besado de ese modo. Y mucho menos delante de tanta gente.

Los gritos de alegría no se hicieron esperar; los presentes los felicitaban y pedían a gritos que volvieran a besarse. Lydia se alegró de poder refugiarse tras el velo que había vuelto a colocarse. Al mirar a Aro se dio cuenta de que la multitud se comportaba exactamente como él deseaba.

Sintió su mano en la cintura mientras veía cómo muchos invitados se decían cosas al oído. No era difícil imaginar lo que decían.

—¿Por qué has hecho eso? —le preguntó en voz baja.

—¿Hacer qué? —dijo él sin el menor atisbo de

arrepentimiento—. ¿Es que no puedo besar a mi esposa el día de mi boda?

—Pero has hecho que parezca que... que ya habíamos intimado.

—¿Y?

—Mañana en los baños, todo el mundo me mirará el vientre para ver si ya estoy criando —dijo confesando sus temores—. Entre el auspex, los senadores y ahora ese beso, nadie creerá que este matrimonio se preparó en un solo día. Seguro que los rumores ya han empezado a extenderse por el foro.

—La gente dirá lo que quiera. La verdad no importa, sólo importa lo que la gente crea. Es una lección que aprendí hace ya mucho tiempo —se encogió de hombros, pero no retiró la mano de su cintura—. Estamos casados legítimamente y nadie puede decir que haya otros motivos para este matrimonio.

—Pero no es la verdad.

Entonces retiró la mano y Lydia sintió frío donde antes había sentido su calidez.

—¿Preferirías que dijeran que tu padre tiene problemas económicos? —le preguntó con voz áspera—. ¿Que vendió a su hija por un cargamento de vino?

Lydia bajó la mirada al suelo y no respondió.

—¿Preferirías que se le pusiera en ridículo y perdiera su condición de senador? Te aseguro que puedo hacer que sea así.

Aquello hizo que Lydia levantara la mirada hacia él.

—No, pero...

—Deja que los curiosos te miren el vientre. No tienes de qué preocuparte, tu figura es tan esbelta que casi puedo rodearte la cintura con las dos manos —dijo demostrándolo.

Lydia tensó el cuerpo y trató de no sentir el calor de sus manos. De otro modo, no tardaría en suplicarle que la besara de nuevo. Se sentía traicionada por su propio cuerpo. Tenía que hacerle entender que había eliminado su buena voluntad al casarse con ella de ese modo.

—No es lo que esperaba.

—¿Qué es lo que esperabas?

Se frotó la nuca mientras consideraba la respuesta. Tenía que pensar, pero su cabeza no dejaba de dar vueltas a aquel beso.

—Esperaba que las cosas fueran como suelen ser... que todo el mundo se comportase decentemente.

—¿Quiere eso decir que no te ha gustado el beso? —preguntó mientras recorría su mejilla con el dedo—. ¿O me estás pidiendo otra demostración?

¡Estaba malinterpretándola intencionadamente!

—¿Otra demostración de qué? ¿De tu habilidad con las mujeres? No hace falta que demuestres nada, pero te recuerdo que yo no soy una de tus aburridas mujeres de Baiae —no sabía si estaba más molesta con él por haberla besado de ese modo o con su propio cuerpo por responder a sus caricias. Se humedeció los labios con la lengua—. El banquete ha empezado. No sabes lo difícil que ha sido encontrar carne e higos de buena calidad en tan poco tiempo...

Su mano la agarró del brazo y la obligó a volverse a mirarlo de nuevo.

—Yo jamás te compararía con las mujeres de Baiae. No te pareces en nada a ellas.

Lydia volvió a bajar la mirada y se concentró en la tesela que faltaba en la aleta del delfín del mosaico. Le debía algún tipo de explicación, pero si se la daba allí, alimentaría los chismorreos. Si alguien lo oía, el bien que le había hecho aquel matrimonio a su padre quedaría anulado.

Los invitados empezaban a rodearlos para desearles buena suerte y felicitarlos. Por el momento, tendría que mantener silencio, pero no pararía hasta averiguar por qué Aro se había casado con ella de ese modo.

Consiguió que la soltara con un ligero movimiento. Un alivio temporal. Las Parcas habían enredado bien el hilo de su vida. Acababa de perder todas sus costumbres y rutinas. Ya no podría ver a su padre, al hombre que la había criado y velado por su bien, como su protector frente al mundo. Su existencia dependía ahora de un hombre al que apenas conocía, un hombre de temible reputación. Un hombre cuyas intenciones desconocía.

—Están llegando los invitados a la fiesta. Hablaremos de esto más tarde —le dijo ella con tranquila determinación.

—Como desees, pero debes saber que no tengo intención de dejarme engañar —dijo antes de hacerle una pequeña reverencia y volverse a saludar a un invitado.

Cinco

Aro miró al sol rojo como la sangre que se hundía en el horizonte. Había llegado el momento de empezar la siguiente parte de la ceremonia. Sólo quedaban los huesos del cerdo asado y tres ánforas de vino con miel. Su único cometido ahora era buscar a su esposa y llevarla a su nueva casa. Los tres muchachos que encabezarían la procesión esperaban ya acompañados de los flautistas. De acuerdo con la tradición, Aro había elegido tres chicos cuyos padres aún vivían, en lugar de contratarlos. No quería que nadie dijera que las cosas no se habían hecho como se debía. Nadie tendría motivo para poner en peligro aquel matrimonio.

Lo primero que vio fue el velo naranja de Lydia. Estaba charlando con una mujer embarazada junto a un fresco algo apagado en el que aún se veían un olivo y varias palomas. Aro cerró los ojos un momento, recordando otra vez en aquella misma ciudad en la que dos mujeres cuchicheaban mientras él se entretenía con sus juguetes sentado en el suelo. Pero aquella idílica paz había acabado prematuramente; su familia había sido expulsada de su casa, obligada a huir para sobrevivir. Y uno de los responsables de todo aquello, si creía al ex esclavo de su padre, era el abuelo de su flamante esposa. Desde luego resultaba irónico.

Antes de que ambos murieran, Aro les había prometido a sus padres que volvería triunfal. Aquel día era el comienzo de ese triunfo.

—Aro —oyó la voz grave de Piso sacándolo de sus ensoñaciones.

Aro frunció el ceño con rabia, molesto porque aquellos recuerdos siguieran teniendo tanto poder sobre él como para hacerle olvidar dónde estaba.

El dulce sonido de una risa invadió el aire como una brisa fresca. Era Lydia. Volvió a reírse al ver que su perra atrapaba un hueso en el aire. Su mujer era un misterio. Aro había sentido la pasión dentro de ella al besarla, pero al momento siguiente había empezado a reprenderlo. Se acarició la barbilla mientras la veía lanzarle otro hueso a la perra. Quizá su primer marido no había sido bueno con ella. Quizá algún insensato le había contado alguna historia extraña sobre él. Aro deseaba que su mujer fuera su igual en la cama, no un ser atemorizado. No comulgaba con la opinión de que una matrona romana debía ser rígida en la cama y, si no lo era, era porque se trataba de una mujer de la noche. Eso no les reportaría ningún placer a ninguno de los dos. Cuando estuvieran juntos, ella debía participar y disfrutar.

—Fabio Aro —volvió la voz de Piso, pero esa vez con tanta impaciencia que obligó a Aro a apartar la vista de su mujer.

—Sí, ya sé, tenemos que irnos. Tenemos que poner fin a la ceremonia —Aro meneó la cabeza—. El auspex debe de estar cansado de que todo el mundo le pregunte sobre su futuro. Tienes razón, es el momento de marcharnos a casa.

—No es eso. Mira allí. Acaban de llegar nuevos invitados —dijo señalando un grupo de hombres—. Ofelio y sus secuaces. Han venido expresamente a darles una calurosa despedida a los novios. ¿Los has invitado tú, jefe, o deberíamos darles la clase de bienvenida que nos dieron ellos?

El líder del grupo se detuvo en medio del atrio. A su espalda se encontraban los dos hombres que habían atacado a Aro en la taberna. Aro se alegró de ver que caminaban con dificultad. La próxima vez respetarían su derecho a beber sin ser molestados.

Después de saludar a Cornelio, Ofelio se volvió a mirar a Aro y chasqueó los dedos a la altura de la papada. Se trataba de una clara provocación. Piso lanzó un gruñido y comenzó a caminar hacia él, pero Aro lo agarró de la túnica, impidiéndole que siguiera avanzando. No quería peleas innecesarias el día de su boda, pero tampoco iba a permitir que aquel insulto quedara impune. La cuestión era dónde y cuándo atacar.

—No, sólo ha sido un gesto —aseguró Aro muy despacio—. No quiero que mi boda acabe con un derramamiento de sangre.

—Pero sabes bien lo que ha hecho. Y más después de lo que hicieron ayer sus hombres. Él ha vuelto a empezar la violencia después de que los dos jurarais solemnemente hace seis meses. Te lo dije, deberías haberlo denunciado a Pompeyo por comerciar con esclavos.

—Ha intentado empezar una pelea —Aro hizo caso omiso al dolor que sentía en el hombro cada vez que movía el brazo. La toga ocultaba el tremendo moretón—. Dudo mucho que vuelva a intentarlo. Mira las magulladuras que tienen sus hombres. No fue más que un malentendido sobre quién debía beber allí, así que no lo conviertas en otra cosa. La paz continúa; es mejor para los negocios, para la casa Lupan y para Roma. Y es tan firme como lo era hace seis meses.

—Sí, pero...

—No lo consiguió el pasado marzo ni va a conseguirlo ahora —respondió Aro mientras seguía cada movimiento de Ofelio con la mirada—. Estamos en una boda, no en la cubierta de un barco o en una taberna de mala muerte. Ofelio carece por completo de inteligencia.

—¿Entonces por qué no lo crucificó Pompeyo? —preguntó Piso con la mano en la empuñadura de su daga—. Su mala reputación lo precede. Tú mismo tuviste que liberar a esos soldados romanos.

—Tiene amigos en las altas esferas, Piso —Aro observó a Ofelio brindando con Lydia y con su padre. Varios senadores se unieron al brindis, pero vio con satisfacción que otros dos senadores, con los que él tenía buena relación, no quisieron participar en dicho brindis—. Pero esos amigos no podrán protegerlo siempre. Mira, algunos ya parecen incómodos con la situación. Si comete un error, si intenta apoderarse de algo que me pertenece, cualquier acuerdo previo quedará invalidado y comenzará la guerra entre ambas casas. Pero no será hoy. Hoy puedo perdonarlo casi todo.

—Tú mandas —Piso dio un paso atrás y se colocó la túnica, pero las ansias de rebelión se reflejaban en su mirada.

—Muy bien, ahora sigue disfrutando de la fiesta —le dijo Aro dándole una palmadita en el hombro. Tengo entendido que Veratio Cornelio tiene excelentes vinos. Asegúrate de que nuestros invitados puedan disfrutarlo. Quiero que todos beban por mi matrimonio. Una boda es un momento para la alegría, no para saldar viejas deudas.

—Lo comprendo —Piso lo agarró de la muñeca—. Pero, por Poseidón, ten mucho cuidado. Eres muy importante para los marineros.

—Hoy es mi boda, Piso. Los dioses del monte Capitolino han bendecido mi matrimonio. No hay peligro.

Diciendo eso, Aro se alejó de su amigo para ir junto a los recién llegados. La multitud se apartó para dejarle paso. Toda la sala quedó en silencio, como si los invitados esperaran una señal de él. Todas las miradas lo observaban. Aro sabía que cualquiera que fuera su comportamiento, tendría más consecuencias que un simple saludo entre dos comerciantes rivales. Tenía que hacerlo bien.

—Ofelio, me alegro de que hayas venido y vayas a participar en la celebración de mi boda —dijo Aro, de pie y con los brazos cruzados frente a su adversario. El ruido volvió a la habitación con normalidad—. Ha pasado mucho tiempo desde la última vez que nos vimos.

—Sí, lo recuerdo —el pirata inclinó la cabeza ligeramente—. Estabas teniendo algunas dificultades con tu barco.

—Nada que no pudiera controlar —Aro esbozó una sonrisa—. El mar y yo somos hermanos. El cargamento de vino y aceite de oliva que llevaba llegó sano y salvo a Corinto. Fue una travesía muy provechosa.

—Y ahora estás casado, con una Veratia. Es todo un ascenso para un marinero sin apenas un denario a su nombre.

—Algunos nacemos con suerte.

Ofelio se inclinó hacia delante y se dio unos golpecitos en la nariz.

—Se rumorea que te encontraron en su cama y que ése es el único motivo por el que su padre ha permitido esta boda.

—También se rumorea que eres un pirata que se dedica al comercio de esclavos y que los poderosos amigos que tienes en el senado están a punto de caer —Aro hizo una pausa para disfrutar de la reacción de Ofelio—. Los rumores son algo muy peligroso.

—Desde luego —murmuró Ofelio limpiándose la frente con el manto que llevaba sobre la túnica.

—Ahora, si me disculpas, ha llegado el momento de que mi esposa y yo nos marchemos a nuestro nuevo hogar. Tus hombres son bienvenidos en esta celebración siempre y cuando vengan en son de paz.

—Debes recordar que nuestro acuerdo ha resultado muy beneficioso... tanto a nosotros como a nuestros hombres. No me gustaría que nada lo rompiera —añadió cuando Aro ya había empezado a alejarse.

Aro se detuvo y respiró hondo. En otro momento habría actuado sin pensar, pero no lo haría allí, bajo la atenta mirada de los mayores entrometidos del senado. Nada debía estropear los buenos augurios del día. La próxima vez que se reunieran los censores, lo aceptarían en el senado. Había trabajado mucho para conseguirlo.

—El acuerdo fue violado en el momento en que tus hombres me atacaron sin motivo alguno. ¿No habíamos decidido que no habría más ataques?

—Mis hombres cometieron un error. Me han prometido que no te reconocieron en la oscuridad de ese antro. Pero ya han sido castigados por ello. Han hecho un sacrificio a Mercurio y tú recibirás una compensación.

—No quiero que Lydia se asuste. Debemos renovar y ampliar el acuerdo.

—Los novios siempre os mostráis muy irascibles con todo lo relacionado con vuestras esposas. Yo hablaba de negocios, no de mujeres, de cargamentos. En cuanto a las tabernas, ¿qué puedo hacer si a mis hombres les gusta beber sin el hedor de los muelles?

Aro sintió un hormigueo en los dedos, el impulso de agarrar la daga, pero sabía que si lo hacía, la noticia no tardaría en llegar al foro y el acuerdo quedaría anulado. Los censores tendrían un motivo para negarle el acceso al senado. Así pues, respiró hondo y trató de controlar sus dedos.

—Pues a mí me pareció que el hedor desaparecía en el momento en que tus hombres salieron corriendo.

—El incidente no debe repetirse.

—La próxima vez deberían fijarse bien a quién atacan —respondió Aro sosteniéndole la mirada.

—Me pregunto si caerías tan bajo como para casarte sólo para asegurarte el negocio. Recuerdo que siempre has dicho que lo mejor para un hombre era no tener ningún tipo de carga —Ofelio volvió a inclinarse hacia él—. Dime, Aro, ¿qué tal va el negocio? He oído que estás teniendo algunos problemas con un vino que debías entregar hace tiempo.

—Como ya te he dicho, es mejor no creer los rumores.

—Dispongo de un magnífico vino de Falerno, por si lo necesitas. Debo decir que lo adquirí a un precio estupendo —dio una palmada para llamar a uno de sus hombres—. De hecho, he traído un ánfora como regalo de bodas. Es de muy buena cosecha.

—Eso tenía entendido —Aro se dio media vuelta, pero entonces se encontró con la sonrisa de Piso—. Parece que ya sabemos quién fue el misterioso comprador del vino de Falerno —le dijo a su amigo—. Tengo la sensación de que mañana mi monedero pesará bastante más, ¿no crees viejo amigo? —añadió, refiriéndose a la apuesta que habían hecho.

Aro miró a Lydia, que seguía charlando y riéndose con sus amigos y familiares. ¿Por qué le habría vendido el vino a un pirata con tan mala reputación que ningún hombre honrado se atrevía a hacer negocios con él?

Justo en ese momento vio cómo Ofelio se acercaba a ella y le hacía una exagerada reverencia. Lydia dijo algo que hizo que el pirata frunciera el ceño. Aro no tardó en acercarse a ellos, con la mano en la daga.

—¿Algún problema, Lydia? —le preguntó a su mujer sin apartar la mirada de Ofelio, retándolo a hacer el menor movimiento.

—No, ninguno —dijo Lydia con evidente tensión—. Sólo le he hecho una pregunta sobre cierto cargamento de *liquamen*.

—Tu esposa tiene espíritu de hombre —comentó Ofelio con una sonora carcajada—. No mucha gente se atrevería a interrogarme. Y el día de su boda, ni más ni menos.

—Lydia —Aro puso una mano en la espalda de su mujer. Podía sentir la tensión en sus músculos y de pronto lo invadió un extraño instinto de protección hacia ella. Lydia era su esposa y no iba a permitir que se enfrentara a Ofelio sola. No iba a exponerla a ese tipo de hombres, como parecían haber hecho su padre y su hermano—. ¿Puedo hacer algo para ayudarte?

—No es nada, sólo una vieja cuenta pendiente —Lydia lo miró sonriendo—. Creo que es hora de que nos vayamos.

—Ya hablaremos de esa… cuenta pendiente en otro momento —dijo Aro entre dientes. No quería que nada estropease esa última parte de la ceremonia.

—No hay nada de que hablar —aseguró ella tajantemente—. Ya te he dicho que es algo pasado, un viejo negocio familiar.

Aro apretó los dientes hasta que le dolió la mandíbula. Le enfurecía que se aferrase de ese modo a su familia y disculpara a su enemigo.

—Ahora tu familia soy yo. Cualquier negocio que tuvieras con este hombre pertenece al pasado.

—Aro, estoy deseando ver cómo te organiza la vida tu mujer —le susurró Ofelio al oído, invadiéndolo con el olor a ajo de su aliento.

—En mi casa seré yo el que organice —respondió Aro.

—Besa a la novia.

Lydia trató de hacer oídos sordos a los continuos gritos que acompañaron la procesión. No había habido tanta gente cuando se había casado con Tito. Pero claro, ahora se había casado con el jefe de la casa de comercio más importante de Roma y parecía que toda la ciudad estuviese allí.

Al llegar a la colina del monte Aventino, se volvió a echar un último vistazo a las villas y frondosos jardines del Palatino, aunque hacía ya mucho que la casa de su padre había desaparecido en la distancia. Él se había quedado en la casa, pero Sulpicia, como dama de honor, la seguía a sólo unos pasos. Lydia trataba de caminar sobre los adoquines con paso firme y la cabeza bien alta.

Su antigua vida había terminado y la nueva aún no había comenzado. Se sentía como una estatua sin vida propia. Parpadeó varias veces y trató de convencerse de que aquellos pensamientos eran ridículos. Ella seguía siendo la misma persona, perteneciera a la familia que perteneciera. La sangre de los Veratio corría por sus venas, no la de los Fabio.

Bajo la luz de las antorchas vio a Aro tirándoles frutos secos a los niños para asegurarse un matrimonio fértil. Sonreía y charlaba con muchos de ellos, incluso de vez en cuando se acercaba a darle el fruto seco a algún tímido que respondía con una enorme sonrisa. Aro sonreía también y continuaba andando.

¿Qué clase de hombre era? ¿El Lobo de mar del que le había hablado Sulpicia, o el hombre de corazón generoso que parecía a veces?

Durante la procesión Lydia vio su lado más amable y jovial, pero cuando se había enfrentado a Ofelio en el atrio había llegado a temer que la boda acabara en un derramamiento de sangre. Afortunadamente, no había sido así.

Había estado tentada de contarle lo del cargamento de salsa de pescado que parecía haberse extraviado y la respuesta que le había dado Ofelio, pero no había tenido oportunidad de hacerlo. Claro que seguramente le habría dado el mismo consejo que ya le había dado en el estudio de su padre y se habría reído de ella por haber cometido tal error. No tenía intención de darle ocasión de burlarse de ella como lo había hecho Tito.

Un obsceno comentario de la multitud la hizo sonrojar y volvió a alegrarse de que el velo ocultase el rubor provocado por la explícita imagen de dos cuerpos entrelazados que había aparecido en su mente al oír aquellas palabras. Aro las había recibido con una carcajada.

—Por fin estamos en casa —anunció su marido señalando una villa de la cima de la colina, lejos de la pobreza de las viviendas que ocupaban las laderas del monte. Una ligera brisa llenó el aire de olor a pino—. No tiene muchos lujos, pero creo que será suficiente.

—Es más que suficiente. Es muy bonita —Lydia observó la enorme puerta de roble abierta tras la cual se veía una luz cálida que invitaba a entrar.

En la entrada había una tela blanca con hojas de laurel y enebro. Aro la levantó en brazos sin darle opción a protestar. Tan cerca de él, pudo sentir los latidos de su corazón. En contra de toda lógica, Lydia se dio cuenta de que se sentía segura en sus brazos.

De nuevo en el suelo, no podía hacer otra cosa que mirar a su esposo e intentar no pensar en que tendría que compartir el lecho con un hombre al que apenas conocía.

Su matrimonio con Tito había sido precedido de un largo noviazgo durante el que había tenido tiempo para prepararse. Tito había sido siempre algo más parecido a un amigo que a un esposo. Sus caricias nunca habían provocado las sensaciones que despertaban en ella las manos de Aro.

Al margen de las historias de Sulpicia, no sabía nada de él ni de cómo trataba a las mujeres.

—Mi casa quiere darte la bienvenida con los tradicionales regalos.

Lydia miró a su alrededor a través del velo. Todo en aquella casa rezumaba riqueza. Había oído hablar de la opulencia de los mercaderes, pero nunca lo había creído del todo. Ahora sí. Los frescos de las paredes conservaban todo el color, algo que no había visto nunca excepto en la casa de Craso, cuya riqueza era legendaria.

—Que el fuego arda siempre en el hogar y el agua fluya libremente mientras tú seas señora de esta casa —Aro le señaló la lámpara de aceite y la pila de agua—. Haz de esta casa un hogar, Lydia.

—Ésa será mi tarea además de mi deleite —consiguió decir ella al tercer intento.

Quería creer que las palabras de Aro eran sinceras, pero su mirada seguía gélida. Puso los dedos en las ofrendas y después dio un paso atrás, como mandaba la tradición.

—Contemplad a vuestra nueva señora —Aro le retiró el velo—. Obedecedla como me obedeceríais a mí.

Los criados se inclinaron ante ella y murmuraron palabras de alegría, pero Lydia creyó ver el miedo en sus ojos. De pronto se dio cuenta de que no había ninguna mujer. Sería la única fémina en una casa de hombres. No obstante, levantó el rostro y los miró fijamente.

—Haré todo cuanto esté en mi mano para ser una buena señora, para ser la matrona Romana que marca la tradición.

Una tenue sonrisa en el rostro de Aro le dio a entender que había utilizado las palabras adecuadas.

—Estoy seguro de que lo serás. Ha llegado el momento de poner fin a la ceremonia pública.

Aro le puso la mano en el brazo para llevarla a la siguiente parte de la ceremonia... la toma de posesión por parte de la novia del lecho nupcial. Sulpicia y el resto de invitados se marcharían y Lydia se quedaría a solas con Fabio Aro.

Una falsa cama con las figuras de los novios había sido colocada en el atrio para expulsar a los malos espíritus de la cámara nupcial. Lydia miró a su marido de reojo, pero la luz titilante de las lámparas le impedía adivinar ningún tipo de emoción en él.

¿Qué estaría pensando? ¿Por qué se habría casado con ella? Sabía por qué lo había hecho ella, pero... ¿y él?

Suponía que deseaba entrar a formar parte de la sociedad romana y el matrimonio con una mujer perteneciente a una buena familia lo introduciría en los círculos más selectos, en los lugares donde se discutían los negocios más importantes.

Tuvo que respirar hondo. ¿Era mucho pedir... ser deseada por ella misma y no por su familia? Quería que su vida tuviera otro propósito más allá que el de escuchar los chismorreos del foro.

Con un nudo en el estómago, entró en la lujosa estancia presidida por una cama de sábanas bordadas.

—He hecho traer tu rueca, símbolo de tu naturaleza trabajadora —le dijo Sulpicia sin poder disimular lo maravillada que estaba por la decoración y el mobiliario del dormitorio—. Aquí no necesitarás el manto.

Ya estaba, ése era el último paso de la ceremonia. Lydia respiró hondo. Todo iba a salir bien. Sólo tenía que soportar la noche lo mejor que pudiera y esperar que su marido quedase satisfecho. Todo el mundo la miraba, esperando que hiciese lo que debía.

Por fin se desató el broche de la palla para que Sulpicia pudiera quitársela. Una vez despojada del manto, se dio media vuelta y miró a Aro. Con un solo movimiento de la daga, su esposo cortó el cinturón que le sujetaba la túnica por debajo de los pechos. Los invitados los aclamaron con alegría. Aro le dio el cordón a Sulpicia, que bajó la cabeza y abandonó la habitación cerrando la puerta tras de sí.

Seis

Al otro lado de la puerta aún se oían las risas y los gritos de alegría, pero dentro de la habitación Lydia estaba inmóvil, como si unas raíces invisibles la tuvieran amarrada al suelo. Aro, sin embargo, parecía perfectamente tranquilo mientras servía vino en dos vasos. Le ofreció uno a Lydia, pero ella lo rechazó con un simple movimiento de cabeza. ¿Cómo podría pensar en beber con esa cama que cada vez parecía más grande esperándola?

Vio beber a Aro y no pudo evitar recordar el tacto de su boca y el fuego salvaje que había encendido dentro de ella.

¿Qué se sentiría estando abrazada a él?

Aro no se movió, se quedó de pie en medio de la habitación, observándola con su mirada dorada.

—No parece que quieran poner fin a la celebración —comentó ella refiriéndose al ruido del exterior. Tenía que decir algo para romper aquel tenso silencio, para apartar la mente de su boca.

—Enseguida se callarán —aseguró él con una leve sonrisa que curvaba sus labios—. La mayoría de ellos son mis hombres y sus familias, y los barcos zarpan mañana, por lo que querrán irse a descansar.

—¿Tú también te irás? —preguntó Lydia.

Tenía sentido que hubiese insistido en casarse con tanta prontitud si estaba a punto de partir. En cuanto se hubiera ido, Lydia sería libre para hacer lo que quisiera. Quizá los sirvientes pretendieran esperar hasta el regreso del señor, pero estar sin hacer nada iba en contra de su naturaleza. Necesitaba sentirse útil, esforzarse en llevar aquella casa y quizá incluso ayudar en los negocios. No sería la primera vez que una mujer se hacía cargo del negocio familiar mientras el marido estaba fuera. Quizá no pudiera hacerlo enseguida, pero con el tiempo...

Aro dejó el vaso en una mesa llena de fruta fresca y volvió a sonreír.

—Afortunadamente, el jefe de una casa de comercio rara vez tiene que navegar. Mi cometido consiste sobre todo en perseguir los cargamentos de grano extraviados —explicó con monotonía a pesar de que su actitud era la de un lobo pendiente de su presa—. Es una existencia aburrida, pero promete una vida más larga que la de pelearse constantemente contra la furia de Neptuno.

—¿El Lobo de mar ya no surca los mares? —el nombre salió de su boca sin que pudiera evitarlo.

—Conoces mi apodo —las sombras de su rostro se hicieron más intensas y Lydia no habría sabido decir si estaba disgustado.

—Lo he oído alguna vez.

—No creas todo lo que oyes.

—No lo hago —levantó la cabeza y se encontró de lleno con su mirada—. En Roma hay muchas lenguas afiladas.

—¿Lo sabes por experiencia? ¿O quizá tu padre te ha protegido de ese tipo de personas?

—Mi padre...

¿Qué sabía Aro de su relación con su padre? ¿O de su enfermedad? ¿Cómo podía explicarle que en otra época él la había animado a participar en el negocio, pero que desde su enfermedad parecía haberlo olvidado todo?

Su padre se había convertido en una persona

distinta. A veces parecía que una Furia se hubiese apoderado de su mente. Contestaba bruscamente sin motivo, perdía los nervios por nimiedades y luego, cuando se le había pasado, se quedaba en silencio, como si no recordara nada.

Lydia se preguntaba si Aro lo comprendería o si, por el contrario, aprovecharía la información para sacar algún beneficio de ella.

Se llevó las manos a la redecilla color carmín que aprisionaba su cabello. Deseaba haber podido quedarse a escuchar la conversación que Aro había tenido con su padre. No podía dejar de recordar las últimas palabras de su padre, cuando le había pedido que mantuviera en secreto los asuntos de la familia. Le debía lealtad.

—Mi padre siempre me ha permitido bastante libertad. Creía que era mejor que supiese cómo era el mundo. Después de la muerte de mi madre me animó a que me hiciera cargo de la casa.

—Y piensas que ahora tendrás que renunciar a todo eso —no era una pregunta, sino una afirmación pronunciada con suavidad.

—No lo sé —dijo ella extendiendo las manos como para demostrar que no tenía nada que ocultar—. He oído hablar de la casa Lupan y algunas historias sobre el Lobo de mar que circulan por el foro, pero sé muy poco de ti. Juzgo a las personas por lo que sé de ellas, no por los chismorreos que oigo en la plaza.

—A partir de ahora sabrás más de mí —aseguró riéndose suavemente—. Una mujer debe conocer a su marido y sus deseos.

Aquella risa le provocó una cálida sensación que hizo que recordara el modo en que su cuerpo había respondido cuando él la había besado.

—Quinto... —murmuró Lydia—. ¿De dónde viene ese nombre? ¿Eres el quinto hijo de tus padres?

—Es un viejo nombre de la familia. No suelo utilizarlo, no me gusta, pero fue el nombre de mi padre y también el de mi abuelo.

—¿Cómo debería llamarte yo? —preguntó a pesar de la vocecilla que le decía que su marido no tenía el menor interés en que le llamara por su nombre, eso era sólo para gente muy cercana y para él ella no era más que un trofeo.

—Aro, Lydia Fabia. Ése es el nombre que yo elegí y me gusta más —estiró los brazos en un gesto de cordialidad, pero en su rostro apareció una mueca de dolor.

—¿Qué te ocurre?

—No es nada. Ayer, Piso y yo tuvimos algunas desavenencias con unos lugareños y tengo algunas magulladuras en el brazo y en el costado —explicó al tiempo que le mostraba el brazo—. Así aprenderé a ser un poco más rápido la próxima vez. Me parece que he vuelto a hacerme daño en el hombro al levantarte en brazos.

—No deberías haberlo hecho —se lamentó de no haberse dado cuenta antes. Ella, que se preciaba de fijarse siempre hasta en los más pequeños detalles.

—No es nada importante —aseguró con una sonrisa que la hizo estremecer—. ¿Qué clase de novio sería si no pasara a la novia en brazos por el umbral de su nuevo hogar?

—Lo habría entendido.

—Quiero los mejores augurios para este matrimonio —su voz era sólo un susurro, que le provocaba mil y un escalofríos.

—Tengo un bálsamo especial que yo misma preparo —dijo Lydia con la mirada clavada en los moretones de sus brazos y no en sus ojos—. Mi padre dice que es muy efectivo contra el dolor. Le tiene una fe ciega... o solía tenérsela —añadió enseguida, pues necesitaba ser sincera.

—Seguro que me haría mucho bien —dijo entrelazando los dedos entre los suyos—. Tanto como tus manos.

—Puedo traerlo si quieres. Debe de estar entre mis cosas —Lydia comenzó a caminar hacia la puerta, pero no tardó en detenerse al recordar dónde estaba—. Si me dices dónde están mis cosas...

Aro volvió a acercarse a ella y le acarició la mejilla con la suavidad de una mariposa.

—Después.

Lydia sintió que se le cortaba la respiración en el momento en que él sumergió los dedos en su cabello y se lo soltó. Los prendedores que sujetaban el peinado fueron cayendo al suelo uno a uno y la melena se desparramó en cascada sobre su rostro y por la espalda.

—Muy hermoso —le susurró él al oído. Tan hermoso como el mar en una noche de verano, ondeando a la luz de la luna.

—Qué disparate —dijo Lydia a pesar del placer que había sentido al oír sus palabras—. Sólo es pelo. Nunca consigo que esté en su sitio. Beroe se desespera conmigo.

—Es tan fino como la seda —sumergió una mano en la melena y se llevó un mechón a los labios.

Lydia se quedó inmóvil, no quería cometer ningún error. No quería hacerlo enfadar. Aún estaba muy reciente el recuerdo de su primera noche de bodas y de la humillación que había vivido.

Sus manos le acariciaron la cabeza y ella la echó

ligeramente hacia atrás, mostrándole el cuello, adonde él dirigió los labios de inmediato. Coló ligeramente los dedos por debajo del vestido, lo que le provocó un escalofrío.

Pero de pronto Aro retiró la mano y la miró a los ojos.

—Dime qué ocurre. Algo te ha tenido preocupada toda la noche —le dijo con voz suave y cálida—. Dime qué es lo que temes de mí. ¿Qué hay en mis caricias que tanto te desagrada?

—No esperaba que este matrimonio te convirtiera en mi dueño y señor —admitió Lydia a pesar del nudo que le bloqueaba la garganta—. No suele hacerse, por lo que había creído que mi padre seguiría siendo mi tutor.

Aro se apartó de ella y fue a servirse más vino.

—Yo no me muevo según dictan las modas. El matrimonio *cum manu* fue lo bastante bueno para mis padres y lo es también para mí. Mi madre nunca lo cuestionó.

—Los tiempos cambian —respondió Lydia entre dientes. Seguramente su madre era un ejemplo de virtud que tejía la ropa de toda la familia y respetaba siempre los deseos de su padre—. Mis padres, sin embargo, se casaron *sine manu*. Sólo se casan *cum manu* aquéllos que desean convertirse en gran sacerdote de Juno. ¿Es eso lo que pretendes?

—Tengo mis razones para querer casarme *cum manu* y tu padre estuvo de acuerdo, pero ser sacerdote de Juno no es una de ellas —añadió con cierto sarcasmo—. Pero, por encima de todo, espero que mi esposa sea leal a mí.

—La lealtad no se compra y se vende como si fuera grano, Fabio Aro —dijo ella con la cabeza bien alta—. La verdadera lealtad hay que ganársela.

Tras sus palabras se hizo un largo silencio durante el que Aro se limitó a mirarla a los ojos.

—Tu padre me ha entregado tu mano porque confía en que sabré cuidarte bien. Le di mi palabra y yo siempre cumplo con mi palabra.

—¿Te dijo que mi marido estaba a bordo cuando los atrapó la tormenta? —la pregunta salió de su boca por voluntad propia—. Entonces prometiste que salvarías a todos los que estaban en el barco, pero no lo hiciste.

—Lamento mucho no haber podido salvarlos a todos —respondió él con voz fría y distante—. También yo perdí a dos de mis mejores hombres aquel día. Neptuno estaba enfurecido. De todos modos, sólo prometí que lo intentaría, es diferente. Deberías estar agradecida de que tu padre fuera uno de los que se salvó.

Lydia tragó saliva. Había hecho que pareciera

que había sido culpa de Aro que Tito se hubiera ahogado. Su padre le había asegurado que no había sido culpa de nadie, que el mástil lo había golpeado y había caído por la borda. El hombre que había salvado a su padre había arriesgado su vida rescatándolo de la misma entrada del Hades.

Lydia siempre se había preguntado qué habría pasado si Tito no hubiera muerto. ¿Habrían vuelto a ser amigos o habrían seguido distanciándose? Por muy culpable que se sintiera al respecto, lo cierto era que, cuando le habían dicho que había sido Tito el que había perecido y no su padre, había sentido alivio por no tener que seguir preocupándose por un marido hacia el que sentía muy poco respeto. Después sí había lamentado su muerte, pero la primera emoción había sido gratitud de que los dioses lo hubiesen elegido a él. Pero sí, se sentía culpable y los remordimientos la habían despertado más de una noche, consciente de que Tito habría merecido una esposa mejor.

¿Y Aro?

—Ya está bien —dijo él con firmeza—. Lo hecho, hecho está. El ritual se ha celebrado ya y tu padre me ha dado tu mano. Ahora somos marido y mujer. La esposa debe fidelidad al marido; a partir de ahora la casa Lupan y yo seremos lo primero para ti.

Lydia no se sentía preparada, tenía los nervios a flor de piel. Se retiró a un rincón de la habitación, lo más lejos posible de la cama, y tomó un sorbo de vino que le supo amargo.

—Haré lo que he prometido hacer.

Aro asintió.

—¿Sabes llevar una casa? —le preguntó él—. ¿No habré hecho un mal negocio quitándole a tu padre una hija malcriada?

—Mi padre nunca ha tenido la menor queja sobre el modo en que llevé su casa —respondió ella sin parpadear—. Ya he dicho que tengo intención de ser una buena esposa.

—Pero me tienes miedo. Temes mi reputación, puedo verlo en tus ojos —su voz se hizo más cálida y seductora—. ¿Quién te ha llenado la cabeza de historias sobre mí? ¿Es por eso por lo que pones objeciones a quedar bajo mi tutela? Esas habladurías no son más que invenciones de gente que, sin conocerme siquiera, envidia la suerte que me han concedido los dioses. Ahora formas parte de mi familia y quiero protegerte. No dejaré que nadie te haga daño.

—Yo nunca he dicho que te tenga miedo —se apresuró a decir Lydia.

—Pues es eso lo que dice tu modo de actuar. Cambiaste en el momento que descubriste quién era. Sé lo que se dice de mí; el Lobo de mar que persigue a aquéllos que intentan robarle. Por eso nadie quiere cruzarse en mi camino y por eso mis cargamentos siempre llegan a puerto. Esas historias me benefician en los negocios, pero no son más que eso, historias. Mi gente, aquéllos que me conocen, saben la verdad.

Diciendo eso le quitó el vaso de vino de la mano y lo dejó sobre la mesa. Lydia sintió un nuevo escalofrío. Las lámparas de aceite iluminaron la cicatriz de su mejilla. Ella sintió el deseo de acariciarla, de comprobar si era suave o áspera. Pero recordó que ahora era una matrona romana que debía comportarse siempre como una señora y no como una prostituta. No quería adquirir mala fama, quería ser como su madre, a la que todo el mundo había querido sinceramente.

Entonces Aro le puso una mano en el hombro y echó a un lado la tela de la túnica, dejando a la vista la parte superior de sus pechos.

—No temas, Lydia —dijo él al ver que se estremecía—. No voy a forzarte a nada —le dio un beso en la frente y después volvió a colocarle el vestido—. Métete en la cama. Ha sido un día muy largo.

—Si me das unos minutos, tengo que hacer el sacrificio a Venus.

—Ya lo has hecho esta mañana —le recordó en tono burlón—. No hace falta que hagas más sacrificios, deja descansar a los dioses.

No podía hacer nada más. Aro iba a llevársela a la cama sin más dilación.

Lydia dejó que el vestido cayera al suelo. ¿Sería amable con ella? Vio cómo sus ojos la recorrían de arriba abajo y sintió frío a pesar de la combinación que aún llevaba puesta.

—No tienes por qué mirarme así. Nunca he forzado a ninguna mujer y nunca lo haré —dijo mientras se estiraba—. Me duele el costado.

—¿Qué es lo que quieres de mí? —preguntó ella en voz baja.

—Ya te lo he dicho… quiero que hagas de esta casa un hogar —sus ojos se clavaron en ella durante unos segundos—. Ahora acuéstate; es tarde y quiero dormir.

Lydia se metió en la cama y se tapó hasta la barbilla.

—¿Dónde dormirás tú?

—Contigo. No tengo intención de dormir en el suelo.

Y, sin esperar su respuesta, Aro se quitó la toga y se metió en la estrecha cama.

—Te he dado mi palabra, Lydia —su respiración le rozó la cara al tiempo que su brazo la rodeaba por la cintura—. No soy un animal y no voy a poseerte a la fuerza. Consumaremos este matrimonio a su debido tiempo.

Lydia cerró los ojos. No había esperado tanta amabilidad. Cambió de postura intentando no dejarse llevar por la cálida sensación que crecía entre sus piernas.

—Quédate quieta si no quieres que pase nada. Si sigues moviéndote, olvidaré mis buenas intenciones.

Aquellas palabras la dejaron inmóvil. Espero así hasta que oyó que Aro respiraba de manera regular. Le había concedido un respiro por alguna razón que no alcanzaba a comprender. Había imaginado que la poseería del mismo modo, con la misma falta de delicadeza que lo había hecho Tito; centrándose en su propio placer sin darle ninguno a ella. Pero no lo había hecho, se había comportado con sorprendente sensibilidad. Quizá estar casada con el Lobo de mar no fuera tan horrible como Sulpicia había predicho. Quizá con el tiempo encontraran un poco de paz juntos. Por la mañana, cuando sus hombres se hubiesen marchado, podrían empezar el matrimonio adecuadamente.

Lo cierto era que le resultaba reconfortante sentir su brazo rodeándola e impidiendo que cayera de la pequeña cama.

Aro se concentró en respirar con calma mientras escuchaba atentamente la respiración de Lydia. Notaba sus caderas en la pelvis y su cabello acariciándole la cara. Cambió de postura para aliviar un poco el dolor que sentía en el costado. Quizá fue el movimiento lo que la hizo gemir en sueños. Aro sintió la presión en la entrepierna al ver su piel cálida y suave y sentir el aroma de su cuerpo.

La tentación de besarla y volver a despertar su pasión era casi insoportable, pero le había dado su palabra. Cumplir sus promesas lo hacía diferente a Ofelio y otros comerciantes que surcaban el Mediterráneo, él tenía honor. Aquello lo hizo sonreír. Los años que llevaba en el mar, haciendo crecer su negocio, le habían hecho aprender el valor de la paciencia. Aquél que esperaba y estaba preparado para aprovechar cualquier oportunidad era el que conseguía todo lo que se proponía.

Retiró las sábanas y se sentó en la cama. Antes de levantarse, la miró y apartó un mechón de pelo de su rostro.

—Duerme bien, Lydia, yo no podré hacerlo.

Siete

—Deberías haberme llamado antes —dijo Aro abriéndose camino entre la multitud que observaba la escena en silencio.

Las ruinas del almacén principal de la casa Lupan en Roma despedían un resplandor anaranjado en la media luz de antes del amanecer. El calor del fuego le quemaba la cara y el humo hacía que le ardieran los ojos y le llenaba la boca cada vez que respiraba.

—No quería sacarte del lecho nupcial sin darte ocasión de consumar la noche.

Aro emitió un sonido gutural. Lo cierto era que habría agradecido la interrupción, cualquier cosa que apartara su mente del recuerdo de Lydia con aquella fina combinación y el calor de su cuerpo.

—Hay tiempo de sobra para esas cosas. No habrías sufrido la ira del Lobo de mar. La casa Lupan está antes que cualquier asunto personal, ya lo sabes. Mi matrimonio no cambia nada de eso.

—Pensé que te vendría bien un poco más de tiempo antes de tener que enfrentarte a esto. Además, nos estábamos arreglando bien sin ti —aseguró Piso con la túnica manchada de ceniza y la cara arrugada por el cansancio.

—Cuéntame lo peor... ¿cuánto hemos perdido? ¿Todo? ¿Se ha quemado el envío de comino y canela del senador Appio? ¿Las ánforas de aceite? Vamos, hombre, dime algo. ¿Se ha podido salvar algo?

—Mis hombres y yo hemos conseguido sacar las especias y las sedas. Puede que hayamos perdido cinco o seis ánforas de aceite de oliva, pero nada más —Piso se pasó la mano por la frente—. Casi todo estaba ya en las barcazas. Tu obsesión por zarpar temprano nos ha favorecido una vez más. Puede que proteste, Aro, pero tus reglas han vuelto a salvarnos.

—Habrá que retrasar la salida.

Aro vio el alivio reflejado en el rostro de Piso.

No había duda de que el capitán habría zarpado si Aro se lo hubiese ordenado, pero habría sido una locura. Una tripulación cansada cometería errores y los errores podían ocasionar la pérdida del cargamento, algo que no podía permitirse después del incendio.

—Sólo unos días —dijo su amigo con algo menos de preocupación—. Los hombres están agotados y no querría echarlos a la mar ni contando con la gracia de Poseidón y de Hermes. No todos somos Fabio Aro.

—Tenéis dos días. Los planes han cambiado; en lugar de ir a Corinto, os dirigiréis hacia el norte a recoger un envío de vino y volveréis en cinco días. Mergus y su tripulación harán el viaje a Corinto.

—Dos días y una travesía corta y fácil... es muy generoso por tu parte, Aro —reconoció bajando la cabeza—. Más de lo que habría esperado.

—Espero que dediquéis esos dos días a prepararos y no a vivir en la taberna de Flora.

Una enorme sonrisa iluminó el rostro de Piso.

—¿De dónde has sacado esa idea? —preguntó con una carcajada.

Aro se puso las manos en las caderas y observó las ruinas humeantes. En cuanto Piso regresara tendrían que descubrir si seguía en pie la frágil tregua que habían acordado con Ofelio. Lo que menos deseaba era romper el acuerdo sin motivos suficientes, pero el instinto le decía que Ofelio había tenido algo que ver en aquel fuego.

—¿Tienes idea de qué lo provocó? —preguntó Aro mientras un grupo de hombres se dirigía con agua y escobas a sofocar un nuevo foco de fuego provocado por el derrumbe de un trozo de techo—. Parece demasiada coincidencia que se haya incendiado justo hoy. ¿Se hicieron todas las comprobaciones de seguridad? ¿Sabes si alguien se dejó encendida alguna lámpara de aceite?

—Los hombres siguieron tus instrucciones como hacen siempre; tienen demasiado aprecio a su paga como para arriesgarse a hacer enfadar al Lobo de mar. Saben bien lo que les pasa a los que no obedecen las reglas.

—Muy bien. ¿Entonces cómo empezó el fuego?

—Aro, sabes bien que el fuego siempre es un problema en Roma. He perdido la cuenta de todos los edificios que se han incendiado desde marzo. Esta misma noche he visto al menos cinco fuegos más en el cielo —dijo Piso encogiéndose de hombros—. Gracias a Rufus, no pasó lo peor —aseguró señalando al vigilante nocturno.

—No sé cómo pasó —admitió Rufus con evidente cansancio. Se tambaleaba ligeramente, pero parecía empeñado en seguir en pie sin ayuda.

Aro tendría que asegurarse de que el veterano vigilante visitara un médico y no iba a aceptar sus excusas de siempre. Rufus conocía a Aro desde niño y era una de las pocas personas que le decía al Lobo de mar todo lo que pensaba, pero esa vez tendría que obedecer sin rechistar.

—Había revisado ese almacén hacía una hora y no había notado olor a humo ni nada de eso —dijo Rufus y parecía a punto de echarse a llorar—. Fui porque había oído un ruido, pero resultó ser un perro. Cuando me di media la vuelta, se echó sobre mí.

—Sé que has hecho todo lo que has podido, Rufus, como siempre.

Rufus había demostrado su valía como navegante hasta que un accidente había puesto fin a sus días en el mar. Su hijo mayor también había formado parte de la tripulación de Aro hasta el día del rescate de Veratio Cornelio, que había desaparecido en el mar. Una enorme ola lo había arrastrado al agua junto con el joven senador, el primer marido de Lydia. Desde la cubierta, Aro no había podido hacer otra cosa que observar con horror.

—Gracias, Fabio Aro.

—Fue una suerte que mis hombres y yo volviéramos justo en el momento en que Rufus iba a dar la señal de alarma —aseguró Piso poniéndole una mano en el hombro al vigilante—. Nos pusimos manos a la obra en cuanto vimos las llamas.

Rufus se aclaró la garganta y se apartó de la mano de Piso.

—¿Qué ocurre, viejo amigo? —le preguntó Aro—. ¿Qué me estás ocultando?

—Tienes enemigos muy poderosos, Aro —intervino Piso—. Hay alguien que quiere destruirte.

—Muchos lo han intentado sin conseguirlo.

—En la puerta del almacén había una tablilla con una maldición —respondió por fin Rufus—. Estaba tratando de quitarla cuando vi el fuego.

—Qué cosas intentan nuestros rivales —dijo Aro con voz tranquila. Él no creía en esas cosas, prefería confiar en el trabajo y sus propias habilidades, pero había otros que eran supersticiosos—. Los dioses siempre han estado de mi lado y siguen estándolo.

—No son los dioses los que me preocupan. Son esos Veratio. Nunca deberías haberte casado con una de ellos. Tu padre siempre decía que eran peligrosos, que no se podía confiar en ellos y que siempre encontraban la manera de no cumplir con los acuerdos. No me extrañaría que hubiera alguna trampa en el contrato de matrimonio. El padre de Veratio Cornelio contribuyó a la proscripción de tu padre.

—Eso nunca se demostró.

—Pero tu padre siempre lo decía —de pronto empezó a temblarle la voz—. No me extrañaría que estuvieran detrás de este incendio. Recuerda bien lo que te digo... seguro que pagaron a alguien para que hiciera el trabajo sucio.

—¿Con qué finalidad iban a incendiar el almacén? —Aro sabía que su padre había culpado al padre de Veratio Cornelio de tramar la proscripción. De hecho, ése había sido uno de los motivos por los que él había exigido un precio tan alto por el rescate, pero Veratio Cornelio había demostrado ser un hombre de palabra; no había intentado posponer la boda y había cumplido todas sus exigencias. Aro había querido asegurarse de que el contrato no dejara ninguna escapatoria que le diera la posibilidad de no cumplirlo. Aún había una, pensó apretando los labios, podrían anular el matrimonio por no haber sido consumado, pero Cornelio no podría imaginar que no había habido consumación. No, los nervios de Lydia habían sido completamente sinceros—. Supongo que tienes alguna razón para decir eso, Rufus. No voy a permitir que cuestiones la integridad de mi suegro sin evidencia alguna.

—No sé, es una corazonada. Me pregunté quién se beneficiaría de ese fuego... pero claro, qué sabe un esclavo como yo de cómo se comporta todo un senador romano —Rufus lo miró con ojos ardientes—. Lo cierto es que es demasiada coincidencia. ¿Por qué esta noche? Fíjate bien lo que te digo, seguro que tu mujer pedirá ver a su padre hoy mismo.

—No establezcas conexiones donde no las hay.

En ese momento Rufus lo miró, emitió una especie de quejido y cayó al suelo redondo.

—Un médico, rápido —gritó Aro al tiempo que se arrodillaba junto al vigilante y trataba de escuchar su respiración. Era muy tenue e irregular—. No me mandéis al primer matasanos que encontréis, quiero alguien que sepa lo que hace.

—Como digas, Fabio Aro.

Aro miró a su capitán.

—Piso, límpiate un poco y ve a mi casa a esperar a mi mujer.

—Pero aquí hay muchas cosas que hacer...

—Haz lo que te digo, Piso —Aro miró la tablilla con la maldición y enseguida vio que Piso comprendía—. No debe estar sola, quiero ser yo el que le cuente lo del fuego y no quiero que se preocupe sin necesidad.

—¿Qué vas a hacer?

—Voy a asegurarme de que este incendio no le ocasiona más daños a la casa Lupan. Quiero que los augures lean bien los restos del fuego y que bendigan el lugar —volvió a mirar la tablilla. Fuera quien fuera el responsable de dicha maldición, había pagado muchos denarios por ella. ¿Había pagado también para que alguien provocara el incendio?—. El fuego puede ser el símbolo de un nuevo comienzo, no sólo de la destrucción de los sueños. Todo depende de la interpretación que haga el sacerdote.

La luz del sol entraba en la habitación filtrada por los tablones de los postigos cuando Lydia despertó de un extraño sueño sobre lobos, mares agitados y alguien a quien debía rescatar. Un hocico frío le empujó la mano.

—Korina —le dijo a la perra que estaba junto a la cama—. He tenido un sueño muy raro.

La perra ladró una sola vez.

Lydia parpadeó varias veces con una extraña sensación de desorientación hasta que se dio cuenta de que su boda no había sido ningún sueño. Ya no estaba en su pequeño dormitorio ni tenía su vida perfectamente organizada; ahora era la esposa de Fabio Aro y estaba al mando de la villa más grande de todo el monte Aventino.

Se había casado con un hombre al que apenas conocía, un hombre al que debería odiar, pero después de la noche anterior, le resultaba completamente imposible hacerlo. La mayoría de los maridos habrían insistido en disfrutar de los privilegios que les daba el matrimonio, pero él no. El había tenido en cuenta sus necesidades. Eso sin duda significaba algo.

Su boca se curvó en una sonrisa al recordar la sensación del cuerpo de Aro junto al suyo. Quizá aquel matrimonio no fuera tan malo, siempre y cuando él estuviera dispuesto a tratarla como a una igual. Lydia tenía intención de cumplir sus votos, de ser una buena esposa; le demostraría que podía hacer algo más que llevar la casa, podría ayudarlo en los negocios y quizá entonces él empezara a valorarla como algo más que un símbolo de su nuevo estatus.

Se levantó de la cama y se dirigió a una puerta abierta tras la cual encontró un pequeño vestidor en el que alguien había dejado todas sus cosas. Se puso su túnica azul y se arregló un poco el pelo. Un día tras otro esperando que Beroe vistiese a Sulpicia había servido para que Lydia supiese arreglarse sin ayuda. Unos pocos posos de vino en los labios y estaría lista para reunirse con su marido y empezar su nueva vida.

Suspiró con decepción al darse cuenta de que no parecía haber ni rastro de Aro. ¿De verdad había creído que estaría allí esperándola, o que despertaría abrazada a él? Sin duda él tenía miles de cosas que hacer.

La noche anterior le había parecido muy amable, pero seguramente lo que había ocurrido era que Aro no había tenido el menor deseo de dormir con ella... igual que le había pasado a Tito. Lydia cerró los ojos y trató de no pensar en el nudo que tenía en la garganta.

—Korina, no puedo pasarme aquí todo el día esperando que aparezca Aro —dijo esforzándose por sonreír—. Tengo que encontrarlo y decirle que tengo que ir a casa. Sulpicia no tiene la menor idea de cómo cuidar a mi padre.

Empezó a ponerse los posos del café y al volver a dejarlos en la mesa se dio cuenta de que allí había un frasco que no era suyo. Dentro vio unas pastillas marrones. No sabía cómo, pero las pastillas de su padre habían acabado entre sus cosas.

Trató de no dejarse llevar por el pánico. Su padre llevaba tres calendas sin sufrir ningún ataque y, si los dioses así lo querían, quizá no volviera a tener ninguno, pero debía tener esas pastillas siempre a mano por precaución. Lydia tenía que explicarle a Sulpicia lo que debía hacer en caso de que tal ataque se produjera; era imprescindible que supiera exactamente cuándo administrarle las pastillas pues, según les había dicho el boticario, aquella medicina podría hacerle más daño que beneficio si no se tomaba de la manera indicada.

Sabía que iba en contra de la tradición, pero debía volver a casa.

Enseguida.

No tenía elección.

Estaba segura de que Aro lo comprendería en cuanto se lo explicara. Tenía que comprenderlo. La vida de su padre corría peligro. De pronto recordó las últimas palabras de su padre con un escalofrío, debía mantener en secreto los asuntos familiares. No podía contárselo a Aro sin traicionar a su padre; tenía que hacérselo entender sin romper la promesa que le había hecho a su padre.

Salió al atrio, pero no encontró a nadie allí, ni siquiera un sirviente. Korina la miró con curiosidad.

—Ha debido de pasar algo —dijo Lydia agachándose a acariciar a la perra—. La casa está demasiado tranquila. Será mejor que vayamos a averiguar qué ocurre, después nos iremos a ca... a la casa de mi padre.

Pasaron por varias habitaciones, todas ellas decoradas con magníficos frescos y una amplia variedad de estatuas, pero en ninguna de ellas encontraron a nadie. Estaba a punto de rendirse y volver a su habitación cuando oyó un ruido procedente de una última habitación.

Abrió la puerta con cautela y asomó la cabeza. Era el comedor. La mesa estaba preparada con platos de queso, fruta y pasteles.

Comprobó con decepción que el hombre que ocupaba el diván central no era Aro. Lydia frunció el ceño e intentó volver a salir.

—Está despierta. Es casi la hora de comer —dijo el hombre en tono relajado al tiempo que le indicaba otro diván para que se sentara.

—No puede ser. Yo nunca me levanto tan tarde.

—Aro aseguró que se levantaría tarde, pues había sido una noche muy larga y necesitaría dormir —le dijo con una enorme sonrisa en los labios—. Es agradable ver que el novio conoce bien a la novia.

—¿Usted es...? —empezó a preguntar Lydia, aunque lo que realmente quería saber era dónde estaba Aro. Ya lo buscaría más tarde, decidió mientras rezaba para que no le pasara nada a su padre por culpa de su retraso.

—Piso, su capitán más antiguo —dijo como si eso lo explicase todo—. Coma —le ofreció un plato con higos, queso y pan—. Y cuénteme algo de usted. Aro apenas ha dicho nada. Es muy ladino. Yo ni siquiera sabía que estaba buscando esposa y de pronto me dice que está prometido.

Korina se acercó a aquel hombre y le puso las patas en las piernas. Él le dio un trozo de pan.

—¡Korina! —tenía que sacarla de allí antes de que Aro la obligara a hacerlo.

—No ha hecho nada, tranquila —dijo Piso dándole más pan que la perra aceptó moviendo la cola como una loca—. Hay más que suficiente para todos.

—No sé por qué ha hecho eso, normalmente se comporta mucho mejor.

—Es culpa de los apetitosos manjares que hay en la mesa. No sé dónde encontraría Aro a este cocinero, pero por Hércules que hace los mejores pasteles del mundo. Pruebe uno.

Piso le acercó un plato lleno de pasteles. Nada más sentir el aroma a miel a Lydia le empezó a rugir el estómago y se dio cuenta de que apenas había comido nada el día anterior. Así que aceptó un pastel y le dio un mordisco.

—Muy bueno.

—Tiene que comer algo más.

—¿Siempre es usted tan generoso con la comida de otro?

—Soy de la familia —aseguró Piso con total

normalidad—. Aro deja que viva aquí cuando mi barco está en puerto.

—No me lo había dicho —no podía dejar de pensar que debía marcharse inmediatamente, pero tampoco quería ofender a aquel hombre. Quizá pudiera servirle de aliado.

—Puede que estuviese pensando en otra cosa —dijo observando su figura—. Volveré en cuanto pueda.

Lydia asintió. Si no se había molestado en despertarla al marcharse, seguramente tampoco se molestaría si su esposa iba a visitar a su familia. Lo único que tenía que hacer era decirle a Piso dónde iba, así de sencillo. Sería mejor que lo hiciera cuando antes, así que se puso en pie y chascó los dedos para avisar a Korina de que se iban. Le diría una verdad a medias al capitán y se marcharía. Con un poco de suerte, estaría de regreso antes de que Aro hubiese vuelto.

—Toda esta comida es muy tentadora, pero debo hacer otras cosas. Esta casa...

—No me diga que Aro ya la ha puesto a trabajar. Vamos, venga a sentarse —dijo mostrándole de nuevo el diván—. Su presencia alegra cualquier habitación.

—De verdad, yo...

—Aquí te encuentro, Lydia, comiendo pasteles

con uno de mis capitanes —la voz de Aro interrumpió sus palabras—. Seguro que Piso se los ha comido todos.

Lydia cerró la boca de golpe, pues la excusa que iba a dar ya no serviría de nada. Se volvió hacia su marido, que se había detenido a acariciar a Korina.

El pelo le brillaba como si acabara de lavárselo. ¡Había estado en los baños! Eso era lo que lo había apartado de su lado. Los baños. Y ella preocupándose de que algo fuera mal. Al menos podría haberle dejado un mensaje, que era lo que había hecho Tito siempre que salía con sus amigos.

Aro agarró un pastel y se lo dio a la perra. La muy traidora se lo comió de una sola vez y luego se tumbó en el suelo para que le rascara la tripa.

Lydia se ató bien el manto que llevaba sobre los hombros. Ella no se dejaría comprar tan fácilmente como Korina. Guardaría silencio hasta que Aro le diera alguna explicación.

Su rostro parecía más duro, había en él ciertas arrugas que no habían estado ahí la noche anterior. El Lobo de mar había vuelto. Entonces volvió a recordar las historias de Sulpicia y se dio cuenta de que había estado muy equivocada al creer que entre ellos podría haber paz.

—Os deseo buena fortuna —dijo Piso poniéndose en pie—. Tu esposa ha estado haciéndome compañía y debo decir, Aro, que eres un hombre de suerte por haber encontrado una mujer así. Con alguien como ella, también yo me plantearía el matrimonio.

—Lo creeré cuando lo vea —respondió Aro con afecto—. Lydia, ¿vas a saludar a tu marido o es que las Furias te han quitado la lengua durante la noche? Nunca me ha parecido que tuvieras problemas para hablar.

—Mi voz es mía, al menos eso aún lo es —no sólo estaba furiosa porque hubiese desaparecido sin decirle nada, lo que más le molestaba era que esperara un caluroso recibimiento por su parte. Claro que deseaba verlo, pero no así.

—Parece que sí que tienes voz. Ven a saludarme, esposa —dijo tendiéndole los brazos y con una tierna sonrisa que hizo desaparecer la dureza de su rostro—. Estabas completamente dormida cuando tuve que irme.

—Deberías haberme despertado —¿cómo esperaba que lo saludara? ¿Con un beso? Lydia rechazó la idea a pesar del recuerdo del maravilloso sabor de su boca.

Pero fue él el que lo hizo, se acercó y le dio un suave beso en la mejilla. Un embriagador olor a sándalo borró todos los pensamientos de su mente. Pero en cuanto volvió a separarse de él, volvieron también los pensamientos.

El Aro que ahora tenía delante era muy diferente al que la había abrazado la noche anterior. Quizá si se hubiera despertado cuando él, podría haberle dado las gracias por ser tan considerado con ella, pero ahora, delante de su capitán...

Lydia se puso muy recta.

Todo aquello era absurdo. Su único propósito en la vida era asegurarse de que su padre estaba bien. Le había prometido a Publio que cuidaría de él y, lo que era más importante, se lo había prometido a su madre en su lecho de muerte. De manera inconsciente, había puesto en peligro la vida de su padre; debía hacer algo antes de que fuera demasiado tarde. Aro no podría negarle que fuera a visitar a su familia, por muy poco usual que fuera. Al fin y al cabo, él había estado en los baños.

—Vine aquí a buscarte —comenzó a decir con voz tensa. Hizo una pausa, respiró hondo. Era más difícil de lo que había esperado—. Quería saber cómo conseguir una litera para ir a visitar a mi padre.

—Te despediste de él ayer mismo. Una visita al día siguiente de la boda podría provocar habladurías y pondría en duda los augurios de nuestro matrimonio —respondió Aro mirándola fijamente sin el menor indicio de la ternura anterior. Le había puesto la mano en el hombro, impidiéndole que se moviera. El pecho que tan acogedor le había resultado la noche anterior era ahora un rígido muro—. Ahora ésta es tu familia. Ahora eres responsabilidad mía.

Ocho

Las palabras de Aro resonaron en la mente de Lydia. ¡Acababa de prohibirle ver a su padre!

Se apartó de su mano para poner entre ellos toda la distancia que le fuera posible. Él no intentó mantenerla cerca. Lydia respiró hondo y pensó que quizá lo había malinterpretado.

—Pero me gustaría hacerle una visita a mi padre.

—En otro momento. Hoy no sería correcto.

Lydia miró a su marido con la boca abierta, pero él ya se había vuelto hacia Piso para hablarle de otra cosa. ¿Cómo podía hacerle una cosa así? Se comportaba como si le hubiera dicho que quería visitar a los dioses del monte Olimpo y no hacer una breve excursión al Palatino. Él podía ir adonde quisiera sin preguntarle, pero parecía que ella era poco menos que una esclava. Ella debía obedecerle y pedirle permiso para todo. Era tan injusto.

Trató de relajarse, pues sabía que si perdía los nervios, se arriesgaba a perderlo todo.

—Sea como sea tengo que volver a casa de mi padre hoy mismo —comenzó a decir Lydia tratando de encontrar la manera de explicárselo sin alertarlo sobre la enfermedad de su padre. Tenía que respetar sus deseos y era evidente que no había querido confiar en su yerno. ¿Cómo podría averiguar ella qué era lo que sabía Aro al respecto?—. Tengo cosas que hacer allí. Mi padre depende de mí para llevar la casa.

Aro dejó de hablar y Lydia vio cómo su cuerpo se tensaba.

—Tu cuñada vive allí, así que ahora es ella la que debe llevar esa casa —replicó fríamente—. No veo motivo para que tengas que volver tan pronto. Va en contra de la tradición. No hablemos más de ello, la decisión está tomada.

Lydia se esforzó por mantener la cabeza bien alta. Se negaba a suplicarle y a hablarle de la enfermedad de su padre. Eso no tenía nada que ver con

Aro. Allí estaba él, de pie con las manos en las caderas y esperando que su esposa se limitara a obedecer sin rechistar. Tenía que hacerle entender que tenía intención de llevar el tipo de vida que había llevado hasta el momento.

—Hay muchos motivos por los que tengo que volver. Sulpicia no tiene la menor idea de cómo llevar la casa; sólo ayuda a tejer a veces, cuando está de humor, pero no sabe nada de las cuentas ni de dónde se guardan las cosas.

—Parece una mujer inteligente. Como solía decir mi niñera, una mujer desnuda no tarda en aprender a tejer.

—Este matrimonio ha sido muy repentino —intentó Lydia de nuevo, pero con cada palabra que decía se hundía un poco más en el lodo de la mentira—... y quiero asegurarme de que la comida está en su sitio y la lana marcada. No sabes lo rápido que se instala el caos en una casa.

—La villa de tu padre parecía bien provista de esclavos la última vez que estuve allí. Sé por experiencia que si los esclavos han tenido una buena señora, sabrán lo que deben hacer —hizo una pausa durante la que le lanzó una mirada penetrante. Se cruzó de brazos, era el fiero capitán de barco y no el hombre tierno que la había abrazado la noche anterior—. Dime la verdad, Lydia. ¿Por qué es tan importante que vayas hoy precisamente? Si considero que es una razón lógica, podrás ir.

Tendría que intentarlo diciéndole la verdad, pura y dura. Entonces seguro que la dejaría ir.

Respiró hondo y levantó bien la cabeza con intención de luchar. La vida de su padre era lo más importante y para salvarla tendría que romper la promesa que le había hecho. Sólo esperaba que lo entendiera.

—Mi padre está enfermo —admitió en voz baja, pero segura—. Ha sufrido varios ataques.

Aro enarcó una ceja y apretó los labios.

—Ayer parecía estar perfectamente, repleto de vida. No he oído ningún rumor sobre dichos problemas de salud. ¿Tú has oído algo, Piso?

El otro hombre se encogió de hombros y negó con la cabeza. El corazón le dio un vuelco. Parecía que el oro que les había dado a los médicos había conseguido comprar su silencio.

—Tienes que creerme. Ha estado muy enfermo. Lo que ocurre es que... bueno... Publio y yo lo mantuvimos en secreto —Lydia se apretó las manos. No podía creer lo que estaba pasando; había dicho la verdad y él no quería creerla—. Yo he estado ocupándome de ciertas cosas y no he tenido tiempo de...

—¿Cómo es que tu hermano se fue con Pompeyo estando tu padre tan enfermo? ¿Por qué no se quedó a cuidar de él?

Lydia recorrió el trazado del mosaico con la puntera de la sandalia. De nada serviría intentar explicar el comportamiento de Publio; ella misma le había pedido que se quedara, pero su padre y él habían tenido una fuerte pelea y Publio había huido.

—Publio hizo lo que creía que era mejor. Supongo que sabía que yo nunca dejaría solo a mi padre...

—Tu hermano y tu cuñada te han utilizado —la interrumpió Aro con la misma fuerza con la que sus manos se agarraban a sus caderas—. Dedica un poco de tiempo a conocer esta casa, a ver cómo funciona, en lugar de volver a tu antigua vida, Lidia Fabia. Eso fue lo que me pidió tu padre ayer antes de que nos marcháramos. No me desobedezcas, esposa. Tu obligación está aquí.

Lydia lo miró fijamente y de pronto comprendió cómo sería su nueva vida. No tenía derecho alguno. Sería una especie de prisionera.

—Necesito ver a mi padre.

—¿Me harías al menos el favor de decirme la verdadera razón? —le brillaban los ojos y su estatura parecía haber aumentado—. ¿O vas a seguir contándome historias increíbles hasta que dé mi brazo a torcer por puro agotamiento? En sólo un rato me has dado tres motivos diferentes por los que quieres volver a tu antigua casa, pero ninguno de ellas parece urgente, a mi modo de ver.

—Te he dicho la verdad. Mi padre está enfermo y hay algunos asuntos de los que debo encargarme.

—Seguro que puede hacerlo otra persona —dijo frunciendo el ceño y torciendo la boca—. Tu padre tiene esclavos y criados. Ahora dime la verdad.

—¿Por qué no dejas de decir que estoy mintiendo?

—¿Qué es tan urgente como para tener que volver corriendo a tu familia a la mañana siguiente de la boda? ¿Qué es lo que quieres contarle a tu padre?

—Te he dicho la verdad.

Lydia intentó mantenerse firme. Él ni siquiera se había molestado en estar allí cuando ella se había despertado; se había ido a los baños en lugar de quedarse a su lado. Y ahora, sin embargo, que estaba delante su amigo, fingía preocuparse por ella. Tenía un nudo en la garganta, un nudo de lágrimas.

—Tienes que respetar mis motivos —le dijo

tratando de mantenerse tranquila. No podía perder la dignidad porque, sin ella, no tendría nada—. Si mi padre decidió no informarte de la naturaleza exacta de su enfermedad, yo debo respetar sus deseos.

—Muy bien —dijo después de un largo silencio—. Debo insistir en que no vayas. Aquí hay cosas de sobra para hacer y Veratio Cornelio y Sulpicia podrán arreglárselas sin ti durante un tiempo. No van a morirse de hambre.

—Si insistes —Lydia bajó la cabeza.

Debía confiar en que su padre no tuviera otro ataque y que, si lo tenía, Sulpicia supiera qué hacer. Tenía que recordar que su cuñada sabía comportarse con sensatez, aunque la última vez se hubiese limitado a desmayarse. Los criados se sentían demasiado intimidados por su padre como para ser de mucha ayuda. Alguien tendría que meterle las pastillas a la fuerza.

—Insisto —la mirada de Aro se suavizó al decir aquello. También le tendió una mano—. No soy un ogro, Lydia. Ten paciencia. No creo que tu padre espere verte hoy. No está en peligro. Nos casamos ayer, por lo que sabe que hoy estarás conmigo.

Lydia no pudo evitar ablandarse un poco por dentro, pero enseguida recordó que Aro había preferido irse a los baños a quedarse con ella.

De pronto se le ocurrió algo. Si no erraba los cálculos, Sulpicia estaría allí. Le dio las gracias a Juno. Sulpicia era una mujer de costumbres; si se daba prisa, la encontraría en los baños, podrían hablar un rato y Lydia podría explicarle lo que debía hacer. Aro no podría negarse.

—¿Podría ir a los baños hoy?

Su esposo la miró con gesto de escepticismo y ella se esforzó por mantenerse impasible. Era un pequeño engaño, pero nada serio; además, la había obligado él con su actitud. La excusa no hizo que se sintiera mejor.

—No veo motivo para que no puedas —dijo juntando las cejas—. Los baños de Aventino son conocidos en toda la ciudad por la calidad de sus aguas. Yo mismo te llevaré más tarde.

—En realidad había pensado en los baños que hay entre el Circo Máximo y el Palatino —dijo del modo más casual—. Son los únicos que yo utilizo y la gente me conoce.

Se quedó en silencio, esperando una respuesta.

Cada músculo del cuerpo de Aro permanecía en tensión.

Era evidente que Lydia ocultaba algo. Había otro motivo para que quisiera ir a los baños y Aro lo sabía con la misma certeza con la que conocía el puerto de Ostia. Parte de su éxito en los negocios se debía a su habilidad para interpretar los rostros de la gente.

—Deja que vaya, Aro —intervino Piso—. Seguramente haya una peluquera a la que quiere ver. Ya sabes cómo son las mujeres; el peinado equivocado y están de mal humor durante días.

—Piso, tardará mucho en llegar allí —le dijo Aro a su amigo. Hasta que adivinara qué pretendía, tenía intención de apartarla de sus costumbres de siempre—. Todos los baños son iguales.

En cuanto hubo pronunciado aquellas palabras vio cómo la luz abandonaba el rostro de Lydia.

Las palabras de Rufus habían sido proféticas. Lydia había querido ver a su padre de inmediato, sin siquiera darle oportunidad de hablarle del incendio. Ni siquiera le había preguntado dónde había estado. Se había empeñado en ir a casa de su padre dando una serie de razones poco plausibles. Ahora no le bastaba con ir a los baños más cercanos, sino que quería ir a los que había cerca de su antigua casa. ¿Por qué actuaba de un modo tan sospechoso? Aro lamentó de pronto haberse apiadado de ella la noche anterior, pues parecía empeñada en encontrar una razón por la que anular el matrimonio.

—Yo iré con ella —se ofreció Piso.

Le pareció ver lágrimas en el rostro de Lydia,

pero ella apartó la mirada antes de que pudiera comprobar si era cierto.

—No, no hace falta. Puedo utilizar los de aquí.

—Si así lo deseas —Aro miró al punto en que su cabello se unía con la espalda. Se debatía entre el deseo de consolarla y la necesidad de que su matrimonio siguiera adelante con éxito.

—Gracias —dijo antes de salir casi corriendo.

—¿Por qué has hecho eso, Aro?

—¿Hacer qué? —preguntó Aro con la mirada clavada en la puerta.

Se había comportado como una verdadera Veratia. Había deseado creer que aquella mujer no tenía nada que ver con las historias que siempre había contado su padre de los Veratio. Había visto su valentía y su sentido del honor aquel día en el estudio de su padre y había tenido la total certeza de que era diferente.

—¿Prohibirle que viera a su familia? —dijo Piso—. ¿O se trata de otra tradición romana que yo ignoro?

—Está mintiendo. Tú oíste a Rufus tan bien como yo. Dijo que Lydia pediría ir a ver a su padre tan pronto como pudiera.

—Lo había olvidado —Piso abrió los ojos de par en par—. Siempre he creído que las Furias lo volvieron loco tras la muerte de su hijo y la verdad es que no suelo prestar mucha atención a sus peroratas.

—Siempre ha sido un fiel servidor de mi familia. Tiene mucha experiencia y quizá tenga motivos para ser cauto. Si mi padre hubiese seguido sus consejos sobre el padre de Veratio, quizá hubiese evitado la proscripción.

—Debo admitir que Lydia se mostrado muy insistente. Las mujeres son criaturas extrañas... una especie completamente distinta a la nuestra. Es curioso que haya dicho que su padre estaba enfermo... ¿no estaba en el senado el otro día?

—Y no parecía estar enfermo. Más bien al contrario; de hecho dijo varias veces lo contento que estaba de haberse recuperado por completo. Fuera cual fuera la dolencia que sufrió a principios de año, parece haberla superado.

—Rufus dijo que Veratio podría haber puesto algo en el contrato —recordó Piso en tono pensativo—. Pero, por el tridente de Poseidón, no se me ocurre qué podría ser. Tú eres demasiado inteligente para eso.

—Anulación por no haberse consumado el matrimonio.

—Pero tú te acostaste con ella, ¿no? —Piso abrió los ojos de par en par—. Lydia no mentiría sobre algo así. He visto cómo se le han ruborizado las mejillas cuando has entrado en la habitación.

Aro miró los frescos de las paredes, donde se representaban los jardines de su infancia.

—Ese incendio fue provocado —dijo, evitando la pregunta—. Nuestro almacén fue lo único que ardió en la zona. Descubrí otra maldición en un lateral de la casa al volver. Y ahora, en contra de todas las tradiciones, mi mujer quiere ir a ver a su padre.

—Sentí mucho tener que sacarte del lecho nupcial. ¿Qué debería haber hecho?

Aro no se molestó en decirle que cuando lo llamaron estaba de pie junto a la ventana. En ese momento no sabía a quién despreciaba más, a Lydia por aceptar aquel matrimonio o a sí mismo por desearlo. En cualquier caso, no iba a permitir que lo engañaran.

—Hiciste lo que debías, Piso —dijo metiéndose una uva en la boca—. Los sacerdotes han decidido que el fuego era un buen augurio, un nuevo comienzo. El que quisiera utilizar ese incendio contra mí no ha ganado nada.

—Lydia vino buscándote, pero me encontró a mí. Quizá sintió que no la deseaba.

—¿Por qué iba a creer algo así? Me he casado con ella.

—Las mujeres son así, Aro —dijo su amigo encogiéndose de hombros—. Quizá le molestó que no estuvieras aquí cuando despertó o que te hubieses parado a lavarte de camino. Si comprendiera la mente femenina, sería rico.

Aro movió el hombro con dolor y deseó haberle pedido el ungüento a Lydia. Le dolía todo el cuerpo de buscar entre las ruinas y de realizar los rituales. Esperaba que todo aquello hubiera terminado, pero lo cierto era que, después de haber leído las maldiciones, dudaba que así fuera.

—Hasta que sepamos quién está detrás del fuego y de las maldiciones, quiero que Lydia se quede en casa, a salvo. Conmigo. Quiero ver qué hace a continuación.

—¿Qué más podría hacer?

—Intentar ponerse en contacto con su cuñada.

—¿Y qué harás tú en ese caso?

—Capearé el temporal si tengo que hacerlo, pero esta vez los Veratio sucumbirán ante los Fabio.

Lydia se llevó el rollo de papiro junto a los labios y resistió la tentación de andar arriba y abajo de la habitación. Normalmente adoraba la historia de Psique y Cupido, pero aquel día no le estaba proporcionando el placer de siempre. Había cometido un gran error en su confrontación con Aro y lo sabía.

Debería haber empezado por contarle la verdad. Ésa había sido su intención en un principio, pero después había empezado a pensar que a él no debía importarle cómo estaba su padre. Tampoco entendía por qué no le permitía visitar a quien quisiera. Dudaba mucho que a un hombre como Aro le importase realmente la tradición.

En cualquier caso, Lydia no deseaba que los enemigos de su padre supieran nada de su enfermedad. Bien era cierto que ahora formaba parte de la familia Fabio, pero no por ello había dejado de ser una Veratia. Aro tenía que comprenderlo.

Sólo esperaba que Sulpicia entendiese la tablilla que le había enviado y acudiera de inmediato. El mensaje era algo críptico, pero no le había quedado otra opción después de que Aro se hubiese negado a escucharla. No iba a sacrificar a su padre sólo porque su nuevo esposo le prohibiese por capricho que volviera a su casa.

—¿Por qué le has pedido a tu cuñada que venga a verte, Lydia? ¿Sin retraso y para tratar un tema urgente?

Lydia dejó el rollo en la mesa con una mano temblorosa y se puso en pie. Aro la miraba desde el umbral de la puerta con gesto grave. La tablilla que Lydia había escrito hacía más de una hora estaba en su mano y no de camino a casa de su padre.

—¿Hay algún motivo por el que no deba hacerlo? —preguntó con voz firme y serena, como correspondía a una matrona romana—. Somos amigas y, como no me has dejado que fuera a visitar a mi padre ni a los baños, pensé que sería agradable que viniera a verme alguien de la familia.

—¿El día después de tu boda?

—¿No pretenderás aislarme de todos mis amigos?

—No pienso responder siquiera a tal pregunta. Si eso es lo único que vas a decir...

Lydia cambió de postura. Por Juno, parecía muy ofendido.

—Lo siento. Sé que nunca has dado a entender nada parecido. Mi familia es muy importante para mí y no sé qué problema hay en que invite a Sulpicia a tomar un té conmigo. Además, ¿quién te ha dado derecho a leer mi correspondencia privada?

Esperó una respuesta, pero Aro se quedó allí, en silencio. Su rostro no delataba emoción alguna. Lydia habría deseado volver a la cercanía de la noche anterior; aquel hombre comprensivo habría sabido entenderla ahora también.

—Mis sirvientes me dicen todo lo que ocurre en la casa. Si mi mujer manda una tablilla pidiéndole a su cuñada que venga a verla urgentemente, me preocupo. ¿Qué te ha pasado que necesites contarle con tanta urgencia?

—Hay una explicación muy sencilla —lo miró unos segundos y comprendió por qué lo llamaban Lobo de mar y por qué había mucha gente que se sentía intimidada ante él. Pero ella no iba a dejarse intimidar—. Como no me has dejado ir a ver a mi padre, me pareció que lo mejor era pedirle a Sulpicia que viniera para explicarle qué es lo que tiene que hacer exactamente si mi padre tiene otro ataque.

Aro enarcó una ceja.

—¿Por qué no me has pedido que le enviase una nota?

—Antes no has querido escucharme —dijo ella apartándose cuando él se acercó—. No sé qué es lo que crees que pretendo hacer, pero mi padre ha estado enfermo y, no sé cómo, las pastillas que tiene que tomar si tiene un ataque acabaron entre mis frascos.

Por la expresión de su rostro, seguía sin creerla.

—Veratio Cornelio nunca mencionó nada de eso, parecía estar en plena forma. ¿Por qué habría de creerte?

—Estoy diciendo la verdad —insistió con gesto de impotencia—. Estuvo muy enfermo. Por eso vendí el vino... para pagar a los médicos y comprar su silencio. Me lo preguntaste antes y no pude darte una respuesta, ahora te la estoy dando. Vendí el vino para salvarle la vida a mi padre y no me arrepiento de ello.

—¿Y las pastillas? ¿Dónde están?

—En mi tocador.

—Si me las das, me encargaré de que alguien se las lleve —dijo estirando la mano abierta.

Lydia no esperó un momento a llevárselas, en cuanto las viera se daría cuenta de que no le había mentido. Estaba deseando ver su cara y escuchar sus disculpas.

—Aquí las tienes —le dijo—. Si me das un momento, escribiré las instrucciones.

—¿Tu padre no sabe cómo tomarlas? —preguntó con incredulidad mientras ella anotaba en una tablilla de madera—. ¿Por qué no le enviaste las pastillas directamente sin tanto misterio?

—Quería asegurarme de que Sulpicia sabía qué hacer —levantó la mirada de la tablilla y vio que Aro tenía enarcada una ceja, pero ahora parecía entretenido con la situación—. Me da la sensación de que mi padre apenas recuerda nada del primer ataque. Los médicos lucharon mucho para salvarlo y... Sulpicia nunca presta demasiada atención a lo que hacen los demás.

—¿Y qué te hace pensar que esta vez si lo hará?

—Que no le quedará más remedio. Ahora es la señora de la casa; tendrá que hacer algo más que arreglar las flores y chismorrear con sus amigas.

Aro agarró el paquete y siguió observando a Lydia mientras escribía con determinación. Enseguida le dio la tablilla y Aro pudo leer el contenido, no eran más que unas precisas instrucciones. Quizá Piso tuviese razón y Rufus hubiese estado alterado por el fuego. ¿Había puesto en peligro su matrimonio por nada?

Un segundo después había enviado a un mensajero a llevar el paquete a casa de su padre. Se quedó observando a Lydia en busca de algún indicio de nerviosismo, pero lo miraba desde el centro de la habitación con gesto acusador. Muchas mujeres ya habrían roto a llorar, pero Lydia era diferente, no parecía tenerle miedo a nada. Le había plantado cara.

—Todo solucionado, no eran necesarias tantas complicaciones —le tendió las manos y sonrió, pero ella se quedó donde estaba—. La próxima vez sólo tienes que pedirlo.

—¿Puedo hacerte una pregunta?

Él asintió con una sonrisa.

Después de varios titubeos, salió de su boca una pregunta inesperada.

—¿Por qué no hay mujeres?

—No comprendo —creía que le pediría un brazalete o quizá un vestido nuevo, como habían hecho más de una vez las viudas de Baiae.

—¿Por qué no hay ninguna mujer en esta casa? Todos los sirvientes que he visto son hombres.

—¿Eso te supone un problema? —ni siquiera se había parado a pensarlo, pero ahora le parecía evidente que su mujer necesitaría una criada, compañía femenina—. Todos mis sirvientes son marineros retirados. Están hechos a mis costumbres y las mujeres pueden suponer una distracción.

Lydia deseaba preguntarle si ella también era una distracción, pero por el modo que se había comportado por la mañana, era evidente que no era así. Sin duda Aro tenía intención de seguir adelante con la misma vida que antes.

—Pero no temas —siguió diciendo él sin percibir su enfado—, te obedecerán y, si no, tendrán que responder ante mí.

—Ninguno me ha dado el menor problema, pero me gustaría tener alguna criada que me ayude con el pelo. La mía se ha quedado con Sulpicia.

Aro la miró y con un gesto le pidió que continuara hablando. Lydia imaginaba lo que estaría pensando, lo extraño que era que la hija de un senador tuviese que compartir criada. Su único consuelo era que no sabía nada de los problemas económicos de la familia.

—Has dejado a tu criada con tu cuñada, la que pasa el día chismorreando.

—Beroe y Sulpicia se llevan muy bien y yo pensé que tú tendrías alguna sirvienta que pudiera ayudarme —terminó de decir con la cabeza bien alta para que no sospechara.

—Perdóname, debo admitir que no reparé en ello.

—Hoy me las he arreglado sola.

—Y muy bien —dijo apartándole un mechón de la cara—. Me gusta más así que con el peinado que llevabas ayer o el día del compromiso.

Lydia sintió una extraña sensación de placer. Le gustaba su sencillo peinado... Pero aún no estaba preparada para perdonarlo. Sulpicia y Publio también intentaban a menudo convencerla de algo a través de halagos.

—Necesitaré los servicios de una criada tan pronto como sea posible. Este peinado está bien para estar en casa, pero tendré que salir y reunirme con mis amigas. Supongo que querrás que tu esposa esté a la altura de las modas.

—Veré lo que puedo hacer —dijo Aro pensando ya en la persona perfecta para el trabajo. Así podría ayudar a la familia de Rufus y derrumbaría las barreras que el viejo guardia parecía haber levantado hacia Lydia—. Pero no podrá ser hoy. No hay prisa, nadie espera que unos recién casados inviten a nadie ni salgan a cenar.

La expresión de su rostro cambió de pronto. ¿Qué había hecho ahora? Sólo intentaba tranquilizarla.

—¿Se supone que tengo que quedarme aquí sola y sin criada?

—Por el momento, sí —se pasó la mano por el pelo y enseguida trató de arreglarlo—. Sólo hasta que pueda organizarlo todo. Pero creo que ya tengo a la chica perfecta.

—¿Cuánto será eso? ¿Un día? ¿Dos? ¿Y por qué no puedo elegir yo a quien quiera?

—Tenemos que hablar de un par de cosas —Aro se cruzó de brazos y se dispuso a ponerla al corriente del peligro que corrían. Tenía que descubrir quién había escrito esas maldiciones y había incendiado el almacén, hasta entonces no quería que Lydia saliese a la calle libremente. Pero tampoco quería asustarla, tenía que elegir las palabras con cuidado—. Quiero explicarte…

—Pensé que querías una esposa, no una esclava.

Lydia se dio media vuelta y Aro se quedó mirando al vacío que quedó cuando ella se hubo marchado.

Sólo había dado unos pasos cuando se detuvo y se llevó las manos a la cara. ¿Qué había hecho para merecer un trato así? ¿Qué pensaba Aro que haría si iba a visitar a su padre? ¿O si elegía a su propia criada?

No tenía ningún sentido. No era mucho pedir, sólo un motivo. Hasta que se lo diera, se comportaría como una prisionera y buscaría cualquier oportunidad para huir.

Nueve

Esa misma tarde llegó a la casa de Aro la respuesta de Sulpicia acompañada por varias notas en las que pedía consejo a Lydia para todo tipo de cosas relacionadas con la casa; desde dónde guardar las ánforas de aceite a cómo asegurarse de que el vendedor de sedas no la engañaba. También había una tablilla de Veratio Cornelio dándole las gracias por las pastillas y esperando que estuviese satisfecho con su mujer. Si Lydia había tenido intención de escapar para volver con su padre, lo había planeado sola.

Aro se mordió el labio. Había dejado que los temores de un viejo le nublaran la razón.

Lydia estaba en el mismo lugar y en la misma posición que la última vez, de pie junto a la ventana del dormitorio. Allí llevaba desde la pelea.

—Sulpicia te ha enviado siete tablillas, Lydia. Parece que tenías razón, sí que necesita tus consejos.

Lydia inclinó la cabeza y sonrió cortésmente, sin que la sonrisa llegara a su mirada. Era la clara imagen de una orgullosa matrona romana.

—Gracias. No hacía falta que vinieras tú para algo tan insignificante.

—Nada relacionado con mi esposa es insignificante.

—Seguro que tienes miles de cosas que hacer —dijo mirando a la puerta.

Sin duda quería que se marchase y pudiera ser que Aro lo mereciese, pero no iba a dejar que ella dictara lo que debía hacer. También ella era responsable de la pelea que habían tenido.

—Si hubieras sido sincera conmigo desde el principio, podríamos habernos ahorrado el disgusto —después de eso, bajó la cabeza—. Siento haber sido tan brusco.

Ella también inclinó la cabeza, lo que le permitió ver la piel de su cuello y el mechón de pelo que le caía directo a la curva de los pechos. Lo invadió una oleada de deseo al recordar su cálido cuerpo junto a él la noche anterior. Había sentido el sabor de la pasión en su boca en el beso nupcial.

—Intenté ser clara —susurró ella con cierto nerviosismo—, pero no quisiste escucharme.

—Ahora te escucho —dijo tomándole una mano entre las suyas.

Ella la retiró de inmediato y agarró una de las tablillas.

—Ya te lo he explicado todo, no creo que sea necesario volver sobre ello. Mi único interés era el bienestar de mi padre.

—Has puesto el bienestar de tu padre por encima de nuestro matrimonio y de lo que la gente pudiera pensar. Las habladurías podrían hacer mucho daño a mi negocio y a mis esperanzas de convertirme en senador. No podía arriesgarme por un capricho, Lydia.

—Lo siento, pero hice lo que creía que debía hacer. Si quieres una mujer así por esposa, lo comprendo. Dame tiempo y venderé mi dote para pagarte.

—Estamos casados, fin de la discusión. Aún debo descubrir si he hecho un mal trato.

—Lo comprendo.

Lydia respiró hondo y Aro vio en sus ojos que no lo comprendía realmente.

—Tu padre tiene mucha suerte de tenerte como hija. ¿Lo sabes, Lydia?

—No soy ningún modelo de virtud. Le prometí a Publio que cuidaría de todo mientras él estuviera solo. Alguien tiene que hacerlo porque parece que Sulpicia tiene la cabeza llena de plumas.

—Pero ahora es a mí al que le has prometido algo.

—Sí —dijo mirándolo con sus enormes ojos.

Aro le pasó la mano por la cabeza, sintiendo la suavidad de su cabello bajo los ásperos dedos. La deseaba con todas sus fuerzas, deseaba hacerla suya y encender la pasión que sin duda se escondía en su interior. Necesitaba hacer desaparecer todas sus dudas.

Esa vez no se apartó, se quedó allí, completamente inmóvil.

—Anoche hubo un incendio en uno de mis almacenes —dijo Aro por fin—. Por eso no pude estar aquí cuando despertaste esta mañana. Tenía intención de decírtelo nada más llegar, pero no pude hacerlo con la discusión.

—Deberías habérmelo dicho. Eso lo explica todo —se llevó la mano a la boca abriendo los ojos de par en par—. ¿Le ha pasado algo a alguien? ¿Hay algo que yo pueda hacer?

—El vigilante tiene algunas quemaduras, pero

lo cierto es que no ha habido demasiadas pérdidas. La mayoría de las cosas estaban ya cargadas en el barco.

—El ungüento del que te hablé es muy bueno para las quemaduras. Iré a...

Se dispuso a ir hacia la puerta, pero Aro la agarró para impedírselo.

—Está al cuidado del mejor médico de Roma. Cuando esté mejor te llevaré con él, le encantará conocerte.

Quería que se quedase con él, no que fuese a atender enfermos. No quería que tuviese otra excusa para posponer la consumación. Si realmente la asustaba la idea de acostarse con él, el tiempo no haría más que aumentar su temor. Y, si sus sospechas eran ciertas, no quería darle más oportunidades para que huyera y pudiera anular el matrimonio. Había llegado el momento.

—Le aliviaría el dolor —dijo mostrándole un frasco de piedra—. Si me llevas con él...

—Se lo llevará uno de los sirvientes.

Lydia apartó la cara de él con tristeza, la misma tristeza que le daba a él verla así. Nunca había forzado a ninguna mujer y no iba a empezar a hacerlo con su mujer. Pero tenían que consumar el matrimonio. Además, sabía que al final ella lo desearía tanto como él a ella.

—Pero, ¿por qué? —le preguntó con voz débil—. ¿Por qué intentas tenerme aquí encerrada? ¿Qué he hecho mal?

—No has hecho nada mal. Es sólo que quiero que estés aquí conmigo, donde no corres peligro alguno.

—¿Por qué iba a correr peligro? —soltó una carcajada carente de alegría—. Tengo casi veinte años y llevo toda la vida viviendo en Roma.

—El fuego de anoche fue provocado.

—Eso sucede todos los días en Roma.

—Pero había varias tablillas con maldiciones —confesó mirándola fijamente—. En una de ellas se nombraba a mi esposa y amenazaban con hacerte daño. Quiero asegurarme de que estás protegida.

Lydia se mordió el labio inferior y respiró hondo. Por fin dejaba de discutir con él y de buscar cualquier excusa para marcharse.

—Perdóname, pero si me hubieras dicho adónde habías ido, lo habría comprendido. Creí que habías ido a ver a algún cliente a los baños. Que te habías alejado de mí en cuanto habías podido y que te arrepentías de haberme elegido por esposa.

—Había ido a los baños a quitarme el hollín antes de reunirme con mi esposa. No quería preocuparte.

—Me preocupo más si no sé qué ocurre. Pensé que te había disgustado.

Aro le puso la mano en el brazo y su aroma le hizo pensar en rosas en un día de verano. Ella movió las pestañas y un ligero suspiro salió de sus labios. Se humedeció los labios con la lengua, volviéndolos tan rojos como una cereza.

Aro la estrechó en sus brazos, inclinó la cabeza y saboreó sus labios. Al principio se tensó, pero cuando la abrazó con más fuerza, se derritió en su boca y sus curvas se moldearon a su cuerpo. Abrió los labios, invitándolo a sumergirse, a beber de ella. El deseo se apoderó de él y tuvo que esforzarse en mantener el control. No iba a utilizar la fuerza si ella no estaba preparada para continuar, pero tenía la sensación de que también ella iba a sucumbir al deseo.

Sintió que se estremecía y supo que esa vez no era por efecto del temor sino de la pasión. La luz iluminaba su cuello, marcando un camino que sus labios deseaban seguir. El escote del vestido dejaba adivinar los montes de sus pechos. Aro sintió que se le aceleraba la respiración. Aquélla era su esposa, la futura madre de sus hijos. Ya no importaba si había intentado engañarlo.

Le puso las manos en los pechos y rozó levemente los pezones, que se endurecieron de inmediato. Entonces gimió con placer y arqueó la espalda hacia él. De pronto le puso la mano en el pecho y se apartó.

—Lydia —susurró él con la respiración entrecortada—. ¿A qué estás jugando? No empieces algo así a menos que tengas intención de ir hasta el final.

Lydia respiró hondo. Sabía muy bien a qué se refería, sabía lo que estaba a punto de suceder, pero no podía evitar pensar en Tito. En todos los errores que había cometido con él y en cómo él la había rechazado. No quería que le pasase lo mismo con Aro y no sólo por su padre, también por su futuro juntos.

Dio un paso hacia atrás hasta que su espalda quedó contra la pared. Su cuerpo protestó al notar el frío.

—No tenía intención de empezar nada —y sin embargo deseaba volver a sentir su boca y sus manos.

—Pero lo has hecho.

Se acercó a ella y le puso la mano en la mejilla. Lydia sentía que le temblaban los labios y no pudo contener un leve gemido, una especie de llamada que él comprendió enseguida. Volvió a poseer su boca, esa vez también con la lengua que ella recibió con placer. De pronto no existía nada excepto las sensaciones que él despertaba y que superaban cualquier temor.

Sumergió los dedos en su cabello negro para atraerlo hacia sí tanto como pudiera. Y sintió la fuerza de sus brazos estrechándola.

—Por favor...

Él levantó la mirada hacia ella.

—¿Por favor qué? ¿Por favor para o por favor continúa?

—Por favor no pares.

Comenzó a mordisquearle el cuello dulcemente provocándole un sinfín de escalofríos. Habían empezado con suavidad, pero ahora ardían de deseo. Lydia arqueó el cuerpo contra él y apretó los pechos contra su torso, los pezones endurecidos buscaban algún tipo de alivio.

—Ves lo que me haces sentir —le susurró él al oído.

Sentía la dureza de su excitación esperando una respuesta. Una respuesta que su cuerpo deseaba darle. Ya no importaba lo que hubiera sucedido en el pasado o lo que pudiera suceder en el futuro, lo único importante era el sabor de su boca y el tacto de su cuerpo.

El manto que le cubría los hombros cayó al suelo y, tras él, el cinturón que le sujetaba el vestido y que Aro abrió con delicadeza.

Lydia quedó allí, tapada tan sólo con la finísima combinación, sin atreverse a mover ni un músculo, esperando a ver qué hacía él a continuación. Se atrevió a mirarlo a los ojos.

—No hay vuelta atrás.

Lydia asintió levemente y, un instante después, estaba derritiéndose entre sus brazos como la cera caliente. Sus lenguas bailaban al unísono mientras Aro la llevaba hasta la cama. La frialdad de la tela contrastaba con el calor de su boca, que de pronto capturó uno de sus pezones a través de la combinación. Lydia gimió suavemente.

Deseaba que continuara, lo necesitaba. Aquello no se parecía en nada a lo que había imaginado. Sus manos y su boca la tocaban como si fuera un arpa.

Le bajó la combinación hasta dejar los pechos al aire y entonces, igual que un gato lamía la leche, él lamió sus pezones. Una especie de relámpago barrió todos los pensamientos de su mente y sólo la dejó sentir.

Entonces se dio cuenta de que también él se había quitado la túnica y pudo observar su pecho firme, salpicado de vello. De su cuello colgaba una fina cadena de oro con un sello. Todo él parecía una estatua de Apolo que Lydia no pudo resistirse a tocar. No era frío mármol sino carne.

Recorrió su torso lentamente y encontró marcas de todo tipo, cicatrices de batallas pasadas, supuso. Después su lengua recorrió el terreno que ya había explorado su mano, arrancándole un gemido que más bien parecía un rugido.

Cuando se disponía a bajar la mano, él se la agarró y se la llevó a los labios.

—Vamos despacio, Lydia. Saboreemos el tiempo que tenemos juntos. Si sigues tocándome así, esto habrá acabado antes de haber empezado realmente.

Lydia se quedó inmóvil. Había vuelto a equivocarse. Una profunda tristeza la invadió de pronto, pero cuando volvió a notar sus labios sobre la piel, se olvidó de pensar y volvió a sentir.

En cuanto su mano se acercó al centro de su cuerpo se dio cuenta de que deseaba algo más, todo su ser se lo pedía. Él le separó los muslos suavemente para después sumergir un dedo dentro de ella. Sus músculos se contrajeron y de su boca salió un gemido de placer. Necesitaba más y él debió adivinarlo.

Al mismo tiempo que sumergía la lengua en su boca, se zambulló dentro de ella. Su cuerpo se abrió a él y dejó que la llenara.

Aro se detuvo sólo un segundo, le besó el cuello y comenzó a moverse lentamente. Ella lo siguió, subiendo poco a poco el ritmo hasta llegar a lo más alto.

Ahí estaba, pensó Lydia. Aquello era a lo que le

cantaban los poetas y por lo que suspiraban las mujeres.

Los últimos rayos de sol iluminaban el cuerpo de su esposa dándole un brillo dorado. Aro escuchó su respiración tranquila. Había pasión entre ellos, algo más que el rutinario encuentro entre un hombre y una mujer, algo sobre lo que podrían construir su relación.

Lydia abrió los ojos y tocó el anillo que Aro llevaba al cuello.

—¿De quién es?

—De mi padre —llevaba allí tanto tiempo que ya era parte de él—. Nunca me lo quito.

—¿Por qué no lo llevas en el dedo?

—Porque aún no soy digno de ponérmelo. Le hice una promesa a mi padre y aún no la he cumplido.

—Espero que lo hagas pronto —dijo retirando la mano.

—El matrimonio ha sido consumado, Lydia —susurró él mientras le acariciaba el cuello—. Ya no habrá anulación.

Ella abrió los ojos de par en par y se apartó de él. En un abrir y cerrar de ojos se había levantado de la cama y se disponía a vestirse.

—¡Cómo te atreves!

Aro la miró y se maldijo a sí mismo. A juzgar por su reacción, sus palabras no iban muy desencaminadas. Sin duda había pensado en ello.

—¿Cómo me atrevo? —repitió él incorporándose en la cama.

—Nunca he pretendido tal cosa. ¿Cómo iba a hacerlo sabiendo todo lo que te debe mi familia? Un trato es un trato y yo lo respeto fielmente. Jamás pido más de lo que me corresponde ni intento engañar a nadie. Así es como me educaron.

—¿Y el vino de Falerno?

—He pagado mi error con mi cuerpo.

La acusación quedó en el aire. Aro cerró los ojos unos segundos. No había pretendido ofenderla, pero era evidente que lo había hecho. Deseaba estrecharla en sus brazos y volver a besarla hasta que lo olvidara todo.

—No sé a qué estás jugando, Fabio Aro, pero puedes estar seguro de que no vas a ganar —se alejó un poco más de él. Le temblaban los labios—. ¿Por qué quieres que falte a mi palabra? No seré la ruina de mi padre. Has dicho que le hiciste una promesa a tu padre, piensa, por favor, que yo tengo a mi padre en igual estima. Jamás intentaría romper un acuerdo que él hubiera hecho.

—Lydia, te aseguro que no es ningún juego —

se levantó de la cama y fue hacia ella—. Hablo muy en serio.

Lydia levantó la mano como si fuese a golpearlo, pero después debió de pensárselo mejor porque se limitó a echarse el manto sobre los hombros y a salir de la habitación.

Aro maldijo entre dientes. No iba a ir corriendo tras ella. La paz que había habido entre ellos había quedado destruida. El anillo que llevaba al cuello pesaba más que nunca.

Lydia no se detuvo a ver si Aro la seguía. Sólo quería alejarse del lugar en el que había entregado su cuerpo y él lo había tomado cínicamente. ¿Qué clase de hombre era Quinto Fabio Aro?

No le había hecho el amor porque deseara hacerlo, sino para sellar el contrato matrimonial porque creía que ella trataría de engañarlo. Era un ataque a su integridad y a su palabra.

Tenía delante la puerta de la calle, sólo tenía que abrirla y podría volver a respirar libremente. Encontraría por fin un poco de paz.

—¿Dónde crees que vas?

Una mano la agarró del brazo y la puso contra la pared.

—A la calle.

—¿Descalza?

Lydia bajó la mirada y maldijo. ¿Por qué no se había puesto las sandalias?

Levantó la cara, retando a Aro a reírse.

—Sí.

—Sería una lástima que esos pies tan hermosos se hicieran daño. ¿Por qué quieres marcharte con tanta prisa?

—Suéltame, Fabio Aro, o...

—¿O qué?

Aro se acercó un poco más a ella. Se había puesto la túnica, pero no se había molestado en abrochársela. Desprendía un halo de masculinidad prácticamente irresistible.

—Contesta, Lydia —le pidió al oído.

—¿A ti qué más te da dónde vaya? —optó por fingir indiferencia, algo que estaba muy lejos de sentir teniéndolo tan cerca—. Puede que vaya a ver a mi padre, como tú bien has dicho... ya no hay anulación posible. No es necesario que intentes demostrar que te preocupa mi seguridad.

—Tu padre volverá a enviarte aquí.

—Pareces muy seguro de ello.

—Me envió una nota de agradecimiento junto con los mensajes de Sulpicia.

Lydia sintió que lo pies se le convertían en mármol. La perfidia de aquel hombre no tenía límites. Sabía que su padre estaba bien y había decidido no decírselo.

—Si estás tan seguro de ello, ¿por qué no puedo ir a verlo?

—Es peligroso, especialmente si sales descalza. Ya te lo he explicado antes —puso su cara junto a la de ella—. Tienes que confiar en mí, lo hago por tu bien.

Lydia apartó la cara. Estaba harta. Merecía la verdad. A diferencia de las mujeres griegas, ella podía salir a la calle con la cara descubierta, no tenía por qué esconderse.

—¿Por qué debería creerte? Sila prohibió que la gente llevara armas en la ciudad. Yo siempre he salido sola a la calle libremente.

—Tu padre no cumplió con su obligación, debería haberte protegido mejor.

Lydia bajó la cabeza, pues no había dicho toda la verdad. Normalmente cuando salía iba acompañada de varios hombres de su padre, pero Aro no tenía por qué saberlo. No podía ceder a su autoritarismo.

Se había casado *cum manu* y eso ya no podía cambiarlo, pero quería preservar su libertad. Había visto el poder que había ejercido su madre sólo con amenazar a su padre con marcharse y cómo la dote de Sulpicia había quedado a salvo de los acreedores de Publio al haber mantenido su independencia.

—¿Por qué iba a mentirte, Lydia? —Aro parecía triste—. ¿Por qué habría de querer envenenar nuestra relación?

—Si supiera tus propósitos, no estaríamos hablando de esto.

Lydia lo miró y trató de recordar todos los motivos por los que debería odiarlo, pero lo único que veía era un hombre increíblemente atractivo al que deseaba besar. Entonces lo vio sonreír y fue como si el sol saliera tras la tormenta.

—Ven conmigo al almacén. Te ensañaré los restos del incendio y las tablillas con las maldiciones.

Lydia parpadeó varias veces. No era ésa la reacción que había esperado, que estuviera dispuesto a demostrarle las cosas en lugar de imponérselas. Así todo funcionaría mejor entre ellos.

—Encantada —respondió con calma.

Tenía intención de demostrarle que podía confiar en ella y que valía para mucho más que para servir de ornamento en la casa.

—No deseo pelearme contigo, Lydia —le puso la mano en la mejilla, pero ella la apartó.

—¡Quítame las manos de encima!

Aro no respondió. La miró de arriba abajo, pero Lydia lo sintió como si la acariciara con las manos. Él esbozó una sonrisa con la que demostraba que había vuelto a adivinar lo que sentía.

—Muy bien, no volveremos a hacer el amor hasta que pidas tres veces el roce de mis labios.

—No tengo intención de hacer tal cosa. Jamás te suplicaré que me beses. Para mí ha sido… horrible.

Giró la cabeza para que él no pudiera ver la mentira que sin duda se reflejaba en su rostro.

—Antes de siete días, me lo habrás pedido tres veces —aseguró con arrogancia masculina y volvió a mirarla de arriba abajo—. Te lo aseguro.

—¿Y si no es así? ¿Qué gano yo?

—Siempre he hecho disfrutar a mis compañeras de cama. He oído cómo gemías antes, así que no intentes decir que no has sentido placer. Vendrás a mí.

Lydia se quedó en silencio, pensativa. Tenía que haber un modo de poner la situación a su favor.

—Si no ganas, podrás devolverme la libertad, dejarás que siga con mi vida lejos de aquí, lejos de ti.

—¿Estás hablando de divorcio? —su voz parecía peligrosa y sus ojos brillaban como el ámbar—. No habrá divorcio.

—Nada de divorcio… ya te he dicho que nunca incumplo mi promesa. Podré visitar a quien quiera y cuando quiera. Quiero que le devuelvas mi mano a mi padre y sigamos casados *sine manu*.

—Lo discutiremos dentro de siete días.

—¿Tienes miedo de perder?

—¿Y tú?

—Por supuesto que no —aseguró clavando la mirada en sus ojos—. Estoy convencida de que ganaré.

—Yo también. Recuerda, Lydia Fabia, nunca te juegues algo que no quieras perder.

Lydia asintió, pero de pronto la invadió una extraña sensación de desasosiego. No pudo evitar recordar lo que le había hecho sentir en la cama y se preguntó si podría resistirse a él. Sí, claro que podía, sólo tenía que acordarse de su falta de principios. Entonces sería inmune a él.

Una sonrisa de lobo apareció en su rostro.

—Entonces aceptas la apuesta —al ver que no respondía, añadió—: Te aseguro que cuando juego es para ganar.

Su voz le provocó un escalofrío.

—¿Crees que yo no? —lo miró fijamente con la cabeza bien alta—. Acepto la apuesta. Los Veratio nunca suplicamos.

Hubo un breve silencio antes de que él volviera a hablar.

—Si te pones las sandalias, mi ninfa, te llevaré a los baños del Aventino.

—Pensé que íbamos al almacén.

—He cambiado de opinión. El carro de Helios empieza a acercarse al horizonte, la noche es el mejor momento para relajarse. Haré venir un carruaje. A menos claro que se te ocurra una idea mejor de pasar el tiempo.

Lydia sabía que lo mejor que podía hacer era encerrarse en su habitación durante los siguientes siete días. Aunque, allí, no podría pensar en otra cosa que en la pasión que habían compartido en aquel lecho. No, se negaba a pensar en eso.

Y Aro podría volver a entrar en su habitación. Quizá fuera mejor un lugar público, un lugar donde pudiera recordar que debía resistirse a él.

—¿Crees que es necesario que nos lleven en una litera?

—¿De quién no te fías, Lydia? ¿De mí o de ti misma?

Diez

Lydia se agarró con fuerza al lateral de la litera para que Aro no utilizara el movimiento como excusa para decir que lo había incitado a acercarse a ella.

Se atrevió a mirarlo sólo un momento, permanecía en silencio y con la mirada al frente. Llevaba una toga algo más corta de lo acostumbrado, con lo que quedaban a la vista sus fuertes piernas, unas piernas que hacía muy poco habían estado entrelazadas con las suyas. Recostado sobre los cojines con ese aire despreocupado, resultaba muy fácil imaginarlo seduciendo mujeres en aquella misma litera, donde protegidos de las miradas de los transeúntes por las cortinas, se respiraba sensualidad. Sin duda Aro lo sabía y había creído que Lydia caería en sus brazos.

Lydia se puso recta, decidida a resistir. Hacía sólo una hora que habían hecho la apuesta y ya estaba pensando en ser seducida.

—No pareces de los que se mueven por Roma en litera —comentó para intentar pensar en otra cosa.

—Sólo cuando voy acompañado por una mujer hermosa —respondió él con media sonrisa, como si supiera de su turbación.

—Algo que sin duda ocurre a menudo —recordó las historias que le había contado Sulpicia. ¿Con cuántas mujeres se habría acostado allí mismo?

—Últimamente, no —respondió frunciendo el ceño—. Pero contigo estoy dispuesto a hacer una excepción.

Lydia trató de concentrarse en sus manos, incapaz de encontrar una réplica ingeniosa o de controlar los latidos de su corazón. Tenía que encontrar las fuerzas necesarias para luchar contra aquella atracción. Tenía que demostrarle que no era como las mujeres a las que estaba acostumbrado.

Abrió la cortina ligeramente para apartar sus

pensamientos de él. Aún no había dado la sexta hora y la calle estaba completamente llena de gente que impedía que la litera avanzara. Varias veces tuvieron que detenerse y esperar a que el camino se despejara.

—Parece que la calle está bloqueada —comentó Lydia mientras colocaba un cojín entre su cuerpo y el de él.

—¿Sí?

Aro convocó todas sus dotes de negociador para no dejarse delatar por la expresión de su rostro. No sabía si sentirse halagado porque Lydia sintiese la necesidad de interponer una barrera entre los dos, o molesto por su determinación de evitar hasta el más mínimo contacto físico.

—Los baños están a la vuelta de la esquina. No tardaremos.

—¿Qué clase de tratamientos ofrecen? Los del Palatino tienen masajes y peluqueras.

—Puede que no sean tan nuevos como los del Palatino —admitió Aro—, pero los tratamientos son buenos. Prueba el que te apetezca.

—Eso haré, no te preocupes.

La litera se detuvo y los esclavos la dejaron en el suelo, momento que Lydia aprovechó para bajarse y comenzar a caminar hacia los baños sin mirar atrás. Aro se puso las manos en las caderas y vio cómo se alejaba meneando las caderas. Sólo con verla moverse sentía que su cuerpo se excitaba. Esbozó una sonrisa. Quizá no fuera a resultarle tan fácil como había pensado.

Cada vez que se frotaba con el *strigil* Lydia pensaba que se estaba quitando de encima los restos de la pasión que había compartido con Aro y al salir del baño de vapor se creía capaz de todo. Tenía la sensación de haberse limpiado de todo recuerdo del tiempo que había pasado con él. Ahora podría concentrarse en ganar la apuesta.

Después de la sesión con la peluquera tuvo que admitir que el resultado no tenía nada que envidiar a los peinados de Beroe o a los que le hacían en los baños del Palatino. Tendría que disculparse con Aro, pues lo cierto era que aquellos baños habían resultado estar más que a la altura de sus necesidades.

—¿La señora gusta? —le preguntó la peluquera con su marcado acento galo.

—Mucho.

—Su hombre gustará también —añadió con picardía—. Todas las mujeres vuelven y me dicen... mi hombre gusta.

—Mi hombre... —en su mente apareció la

imagen de Aro, pero se esforzó en borrarla de inmediato mirándose de nuevo al espejo. El resultado del maquillaje con kohl para los ojos y posos de vino en labios y mejillas era más que satisfactorio—. No importa si a Fabio Aro le gusta o no.

La sala se quedó en completo silencio. Todas las mujeres la miraron y Lydia se preguntó qué había hecho. ¿Tanto detestaban allí a Aro?

—¿Su hombre es el Lobo de mar?

—Mi esposo —corrigió Lydia con aire desafiante, por si alguien tenía intención de contarle algún chismorreo.

—Es un buen hombre —dijo la muchacha—. Él pagó las obras de mejora de los baños y siempre ayuda a los pobres. Mi hombre piensa votar por él en las próximas elecciones.

Las otras mujeres se mostraron de acuerdo con la opinión de la peluquera. Lydia las observó con verdadero interés. Quizá las historias de Sulpicia fueran algo exageradas.

—¿Ha hecho mucho por el distrito?

A continuación escuchó un detallado relato de todos los proyectos que Aro había auspiciado. La lista era impresionante.

Finalmente Lydia se puso en pie y pidió la cuenta.

—Para la esposa del Lobo de mar, no es nada.

Él ha hecho mucho por mí. Le arreglaré el pelo siempre que quiera. El Lobo de mar es un hombre bueno y generoso.

Después de salir de allí, Lydia encontró a Aro en el patio conversando con otro hombre, un senador a juzgar por la banda púrpura de su toga. Decidió quedarse a un lado a esperar a que terminaran, pero Aro no dio señal alguna de saber que estaba allí, así que dio unos golpecitos con la sandalia en el suelo para atraer su atención.

Nada. Se aclaró la garganta y entonces sí, ambos hombres se volvieron a mirarla.

—Menuda hermosura —comentó el senador—. Sé que eres conocido por tu magnífica colección de… obras de arte, pero desde luego ésta es una adquisición admirable.

—Mi esposa —aclaró Aro con evidente enfado.

Quizá debiera haberse quedado esperando.

—Claro. Debo disculparme por no haber asistido a la ceremonia, Fabio Aro.

—Los augurios fueron favorables —comentó Lydia sin saber muy bien por qué.

—Sí, sí —el senador levantó una mano como quitándole importancia—… pero el almacén principal de la casa Lupan ardió esa misma noche. No sería la primera vez que los augures se equivocan.

—Depende de cómo se mire —respondió Lydia apresuradamente. Lo que le faltaba en aquel momento era que alguien dijera que las bases de su matrimonio no eran buenas—. El fuego puede ser bueno o malo. El almacén volverá a levantarse de sus cenizas como el fénix. Tengo entendido que los augures dijeron que el fuego era un buen presagio.

—El fénix —repitió el senador con una sonrisa en los labios—. Me gusta. Tu esposa es una mujer inteligente, Aro. Lamento que no consideres necesario pagar por mis servicios para asegurarte un lugar en el senado. Estoy seguro de que a tu mujer le gustaría ser la esposa de un senador.

—Mi padre, Veratio Cornelio, tiene influencia suficiente con los censores para asegurarle a Aro la entrada en el senado sin necesidad de pagar a un intermediario —Lydia pronunció la última palabra con verdadero desprecio—. Aunque no creo que sea necesaria ninguna influencia para que mi marido pase a formar parte del senado. Sólo tiene que ver todo lo que ha hecho en el distrito; desde la renovación de los baños a todos los empleos que ha dado a los hombres de la zona para reconstruir el almacén. Lo que importa es la gente. Algún día Aro será magistrado y quizá incluso tribuno.

Se hizo el silencio y Lydia se preguntó si no se habría excedido.

—Tu esposa tiene razón —el senador inclinó la cabeza—. No es necesario que me hagas ningún regalo, Fabio Aro. Ya has hecho mucho por la gente de Roma. Puedes contar con mi voto cuando decidas presentarte a las elecciones de magistrado.

—Es todo un honor —Aro hizo una ligera reverencia, pero su rostro resultaba inescrutable—. No había pensado pedir tal ayuda.

Lydia esbozó una sonrisa. Al menos podría ser amable; su rapidez mental había salvado la situación.

—Tonterías, Fabio Aro, yo conocía a tu padre; era un hombre bueno y honesto. Fue una lástima que lo proscribieran, pero de eso hace ya mucho tiempo.

Lydia miró a Aro sin comprender. Tenía sentido. De pronto entendió la presencia de tan importante auspex en la boda o los restos de un santuario que había visto en el jardín. Había creído que Aro fingía provenir de un importante linaje, pero parecía que no había habido fingimiento alguno. Recordó también el anillo que llevaba colgado al cuello y pudo muy bien imaginar el tipo de promesa que había hecho.

—¿Está diciendo que Aro es hijo de uno de los proscritos? —preguntó Lydia.

Pero el senador hizo caso omiso a su pregunta.

—Claro que no ha lugar a ningún tipo de resarcimiento. Todo eso ha quedado ya en el pasado. Sila fue un dirigente sabio y generoso mientras duró.

—Creo que nos entendemos —dijo Aro inclinando de nuevo la cabeza—. Ahora debo atender a mi esposa.

—Tienes que traerla a cenar —el senador se llevó la mano de Lydia a los labios—. Hace mucho tiempo que una mujer tan hermosa e inteligente no honra mi mesa. Estoy deseando saber más sobre usted, mucho más.

—En otro momento —la respuesta de Aro fue casi un gruñido.

El senador no tardó en despedirse y marcharse. Entonces Lydia se volvió hacia Aro con una mano en la cadera.

—¿Vas a decirme a qué ha venido eso?

—No me preguntes nada —Aro parecía furioso.

—Pero tienes intención de presentarte a senador la próxima vez que se reúnan los censores.

—Eso es —asintió brevemente—. Hice una promesa y pretendo cumplirla.

—¿Entonces por qué no has aceptado su invitación a cenar? —decidió que le preguntaría por su padre en otro momento, no estando delante de tanta gente.

—Porque no me gusta que mire el escote de mi mujer de ese modo —admitió—. Ese hombre es conocido por su afición a las mujeres.

Lydia se colocó el manto de manera que el pecho quedara completamente tapado.

—Eso no tiene nada que ver conmigo.

Aro se encogió de hombros.

—En cualquier caso, ya no necesito de su apoyo... Te has cambiado el pelo.

—¿Te gusta? —preguntó ella llevándose la mano a los rizos que ahora adornaban su melena—. La peluquera me ha asegurado que es la última moda. No me ha dejado pagar, dijo que te debía mucho.

—Me gustaba más como lo llevabas antes —su mirada la recorrió con dureza—. El maquillaje es algo excesivo.

—Cómo decida peinarme o maquillarme no es asunto tuyo —replicó en tono desafiante—. Fuiste tú el que me trajo aquí, así que no puedes quejarte si no te gusta el resultado.

Aro enarcó una ceja.

—Yo no he dicho eso. Sólo he dicho que no me gusta que un viejo libertino le mire el escote a mi mujer.

Aro hizo una señal a uno de sus sirvientes. Lydia apretó los dientes al darse cuenta de que había llegado el momento de volver a casa; él se iría a algún lado y volvería a dejarla sola en la casa. Tuvo que admitir que le apetecía pasar más tiempo con él, quería aprender más del hombre que se había convertido en su marido.

—¿Qué vas a hacer ahora? —le preguntó.

—Había pensado dar un paseo hasta el templo de Diana. Me parece un plan mejor que escuchar los chismorreos de un viejo senador, ¿no crees?

—¿Puedo acompañarte? —dijo a pesar de ser consciente de que era más sabio volver a casa para no tener que luchar contra la atracción que sentía por él.

Aro respondió con una sonrisa antes de hablar.

—Está bien, no haré que supliques.

—No tenía intención de suplicar, sólo he preguntado.

—Es una broma —su sonrisa se volvió algo más pícara—. Es muy fácil provocarte. Será un placer contar con tu compañía, esposa mía.

Lydia descubrió que le gustaba charlar con Aro sobre las últimas obras de teatro o sobre las carreras del circo. Al principio lamentó no ser partidaria de la misma facción que él, pues dicha diferencia había ocasionado una discusión con Tito en la última conversación que había tenido con él. Pero, a diferencia de su primer marido, Aro no intentó convencerla de que cambiara de equipo, sino que comentaron los méritos de una y otra facción.

—¿Qué te juegas a que los azules ganan a los verdes en la próxima carrera? —le preguntó él.

—Un lazo para el cabello —Lydia se humedeció los labios para no caer en la tentación de jugarse un beso y ver qué decía él—. Nada más y nada menos.

—¿Estás segura? —tenía la mirada fija en sus labios—. ¿No puedo tentarte a que te juegues otra cosa? ¿Algo más estimulante?

—Un lazo —insistió Lydia—. No tengo intención de perder. Los verdes tienen un equipo muy fuerte.

—Yo tampoco tengo intención de perder y, como ya te he dicho, rara vez lo hago —añadió mirándola a los ojos—. ¡Que gane el mejor!

Antes de que pudiera responder, dos hombres se acercaron a Aro para pedirle trabajo en la reconstrucción del almacén. Aro les dijo que estuvieran allí con la primera luz del día para ver si se les necesitaba.

—¿Qué te parecen? —le preguntó en cuanto se hubieron alejado.

Lydia titubeó. Aquélla era su oportunidad de demostrarle que era algo más que un accesorio, que podría serle de utilidad en los negocios.

—Resulta extraño que se te acerquen en mitad de la calle en lugar de acudir al almacén.

—Corren tiempos difíciles.

—Eso no tiene nada que ver. Por muy desesperados que estén por encontrar trabajo, esos dos hombres saben cómo funciona el sistema —miró a los dos individuos de lejos—. Hay algo que no me gusta de ellos. Creo que he visto al más alto en algún sitio, pero no recuerdo dónde. Quizá vinieran con Ofelio cuando firmó el acuerdo sobre el *garum*. Tengo buena memoria para las caras.

—Puede que tengas razón —Aro los observó de nuevo—. Los interrogaré mañana en el almacén.

—Si trabajan para Ofelio, sólo conseguirás que mientan. Puede que sea mejor enviarlos a trabajar a algún proyecto sin importancia donde alguien pueda vigilarlos.

Lydia tuvo la impresión de que su marido la miró de pronto con más respeto.

—¿Qué le prometiste a tu padre? —le preguntó mientras caminaban colina arriba.

—Que devolvería el buen nombre y la fortuna a mi familia —respondió ofreciéndole el brazo como punto de apoyo—. Pero eso fue hace mucho tiempo.

—¿Por eso quieres entrar en el senado? —Lydia lo comprendía sin problema. Cualquier patricio era educado en la creencia de que el lugar que le correspondía estaba en el senado.

—Quiero formar parte del senado para hacer cosas buenas. La gente del Aventino necesita que los protejan de hombres como Ofelio. No deseo que se repita lo que le ocurrió a mi familia.

—¿Y el dinero que habrías obtenido por el vino de Falerno lo habrías dedicado a pagar a ese senador para que te metiera en el senado?

—Como bien le dijiste, tu padre y la gente de Roma me servirán de apoyo, ya no necesito intermediarios.

Lydia no se hacía falsas ilusiones sobre el pueblo de Roma, pero desde luego hablaría con su padre para que ayudara a Aro. Pero eso sería después de haber ganado la apuesta y haber vuelto a estar bajo la tutela de su padre. Le demostraría a su marido que podía ganar sin perder la cortesía.

—Mi madre solía traerme aquí cuando era niña —le contó en cuanto entraron en el templo.

—Debiste de ser una niña preciosa —dijo él con una divertida sonrisa en los labios.

—No, era horrible. Tenía el pelo indomable y la nariz demasiado grande para la cara. Estaba muy delgada, extremadamente delgada.

—Debo decir que no veo en ti ninguno de esos defectos.

—He crecido.

—Y yo me alegro de que lo hicieras —el susurro de su voz fue como una caricia para sus oídos—. Creciste estupendamente bien.

En lugar de arriesgarse a responder, Lydia se empapó de la belleza del templo. Muchas veces había pensado en volver a visitarlo tras la muerte de su madre, pero nunca había llegado a hacerlo por culpa de una cosa u otra de la que debía ocuparse en casa. Al final había acabado por olvidarse de ello, había olvidado la paz que se sentía allí.

Ahora estaba allí con Aro y, si no tenía cuidado, acabaría en sus brazos. Se clavó las uñas en la palma de la mano para recordarse que debía ser fuerte y ganar la apuesta.

—Gracias por traerme aquí y por hacerme recordar cosas que había olvidado.

—¿Cosas buenas?

—La mayoría, sí. Algunos recuerdos son agridulces, pero no quiero olvidarlos.

—La casa está muy cerca, puedes venir siempre que quieras, pero acompañada de algún sirviente.

Aquellas palabras le provocaron una enorme alegría, pues significaban que iba a recuperar parte de su libertad.

—Pero prométeme que irás acompañada en todo momento —le pidió Aro con gesto grave.

—Lo prometo —la insistencia empezaba a ponerla nerviosa. ¿Quién se creía que era? No tenía ninguna intención de pasearse sola por Roma.

Fue entonces cuando vio una margarita blanca que había crecido en una grieta del muro del templo y fue a arrancarla. Estaba a punto de rozar los delicados pétalos cuando oyó un gruñido. Al levantar la vista se encontró con dos fieros ojos que la miraban.

—¡Lydia, no te muevas! No te pongas nerviosa —le dijo la voz de Aro.

—No tenía intención de ponerme nerviosa —dijo mientras bajaba la mano muy despacio sin apartar la vista del perro.

—Seguramente es el guardián del templo. Ven muy despacio hacia aquí.

Lydia fue dando un paso tras otro. El perro había salido de entre las sombras mostrando los dientes.

—Llame a su perro —oyó que Aro le decía a alguien.

No oyó respuesta.

—He dicho que llame a su perro. Nosotros iremos hacia un lado y usted hacia el otro.

El último paso. Apenas había levantado el pie cuando el perro echó a andar hacia ella. Podía imaginar sus fauces cerrándose alrededor de su pierna. Pero entonces apareció Aro, la levantó en brazos y la alejó de allí.

Se oyó un silbido. Lydia levantó la mirada y vio a un hombre corpulento, el equivalente humano del perro.

—¿Por qué no llamó a su perro? —le preguntó Aro.

—Lo hice, pero no obedeció. Lo llamaré ahora a cambio de su monedero —añadió el hombre encogiéndose de brazos.

Parecía más y más grande a medida que se acercaba a ellos. Lydia sintió que se le encogía la garganta. No debería haber intentado cortar esa flor, había distraído la atención de Aro.

—Me parece que no —dijo Aro con la misma tranquilidad de quien estuviese hablando del tiempo—. Será mejor que se marche.

—Entonces tendré que quitárselo.

El hombre avanzaba hacia ellos con gesto amenazante. Lydia quería gritar, pero de su boca no salía ningún sonido. Podía ver la cicatriz de su rostro y el brillo del cuchillo que llevaba en la mano. Quería decirle a Aro que tuviese cuidado, pero de pronto se lanzó sobre el hombre y lo inmovilizó en un abrir y cerrar de ojos. El cuchillo cayó al suelo.

—¿Quién va a quitarme el monedero? —le preguntó apretándole el cuello con un brazo.

—Yo no —respondió él hombre casi sin aliento—. Sólo un tonto intentaría algo así con alguien como usted.

—Y supongo que tú no eres ningún tonto.

—No.

Aro lo soltó. El hombre cayó al suelo y miró a Aro como si fuera la primera vez.

—¿Sabes quién soy? —le preguntó Aro.

—Todo el mundo sabe quién es, Lobo de mar —se llevó las manos a la cara—. He cometido un error, no me di cuenta.

—Esta mujer es mi esposa —dijo señalando a Lydia—. Confío en que tus amigos y tú la tratéis con la cortesía que se merece o tendréis que responder ante mí.

—Desde luego. Lo que mande.

—Muy bien. Ahora puedes irte.

Al ver al hombre salir corriendo, Lydia buscó al perro con la mirada y lo vio tumbado en el suelo. Parecía herido.

—Vamos, Lydia, no quiero que ese tipo vuelva con sus amigos. No te acerques al perro.

—Creo que no era de ese hombre.

Cuando quiso darse cuenta, Aro estaba junto a ella agarrando al perro del collar para asegurarse de que no la atacaba.

—Me parece que simplemente se asustó —entonces vio que tenía un cristal clavado en la pata.

El animal empezó a llorar cuando Lydia le quitó el cristal, pero luego se puso panza arriba como hacía Korina cuando buscaba cariño.

—No podemos dejarlo aquí.

Sin pensárselo dos veces, Aro se quitó el cinturón de la túnica y lo ató al collar del perro a modo de correa. Lydia lo miró, maravillada. Pocos hombres estarían dispuestos a volver a casa con la túnica suelta. Aparecer así era como invitar a la censura.

—No es la mejor de las soluciones, pero al menos nos aseguramos de que venga con nosotros —dijo con una sonrisa al tiempo que le ofrecía el brazo a ella.

Pero Lydia no lo aceptó, pues sabía que, con sólo tocarlo, desearía besarlo. El perro lamió la mano de Aro. Cualquiera habría dicho que el Lobo de mar tenía un poder sobrenatural con los perros, pero Lydia sabía que era amabilidad. El animal había visto la bondad que había en él.

—Vamos a casa, el mozo agradecerá que le lleve un perro; el suyo murió de viejo hace unas semanas.

—¿Y el hombre? —preguntó Lydia.

—Si sabe lo que le conviene, se marchará del Aventino y no volverá.

Lydia se agachó y agarró el cuchillo que había tirado el atacante. Al verlo de cerca se le cortó la respiración.

—¿Cómo ha llegado esto aquí?

—¿Qué ocurre, Lydia? Deberíamos irnos.

—Este cuchillo es de mi padre —anunció levantándolo para mostrárselo—. Tiene el símbolo de los Veratio. Mi padre tiene uno igual en su estudio, perteneció a su padre y a su vez al padre de éste. Había otro, pero Publio lo perdió hace tres años.

Aro se acercó a ella y agarró el arma.

—Debe de ser éste y sin duda ha pasado por muchas manos desde que dejó las de Publio. ¿Qué motivo tendría un padre para atacar a su hija?

—Tienes razón —dijo forzando una sonrisa—. Simplemente me pareció extraño.

—¿Reconociste a ese hombre? —parecía haber impaciencia en la voz de Aro.

—No, pero lo haré si vuelvo a verlo.

—Espero que no sea así —respondió con extrema frialdad—. Es hora de volver, Lydia.

—Sí, volvamos a casa.

Los dioses no estaban con él aquel día, pensó Aro, a solas en su estudio intentando dejar de pensar en su esposa. La litera había sido un error, igual que la visita al templo. Había creído que le sería fácil besarla y sin embargo había acabado rescatando un perro. A diferencia de la mayoría de mujeres que conocía, Lydia no se había puesto histérica después del ataque.

Trató de concentrarse en las tablillas que tenía sobre la mesa, pero no había manera. Una llamada en la puerta hizo que levantara la vista.

Era Lydia, su piel iluminada por la luz de las lámparas de aceite, sus ojos luminosos y sus labios rojos. El cuerpo se le estremeció nada más verla, pero se esforzó por controlarse.

—Quería darte las gracias —anunció después de que él la invitara a entrar y sentarse.

—¿Por qué?

—Por salvar al perro, por todo.

Aro necesitó todas sus fuerzas para no levantarse a estrecharla en sus brazos. Por desgracia había hecho esa estúpida promesa y debía cumplirla. Tenía que ser ella la que fuera a él.

—No ha sido nada. Cualquiera habría hecho lo mismo.

—No, la mayoría de los hombres habrían pasado de largo. Ni mi padre ni mi hermano habrían sacrificado su cinturón por un perro.

—No creas que soy ningún héroe —se permitió una leve sonrisa—. Ya descubrirás que soy un hombre normal con gustos sencillos. Ya ves, he recuperado el cinturón y Clodio está muy contento con su nuevo perro.

Ella también sonrió.

—Está claro que eres un héroe. ¿Cenarás conmigo?

—Me temo que no —Aro se puso en pie.

Si cenaba con ella, no podría resistirse a la tentación; sería mejor que se distrajera haciendo planes para cuando ganara la apuesta.

—Lo comprendo —dijo ella con tristeza, escondiendo toda pasión como la perfecta matrona—. ¿Dónde cenarás?

—Fuera.

—Sin duda esperas que te suplique que te quedes.

—Se me ha pasado por la cabeza —respondió con cautela. Tenía que marcharse antes de que fuera él el que empezara a suplicar—. Pero si deseas que me quede, me quedaré.

Lydia se quedó en silencio unos segundos y, antes de decir nada, se humedeció los labios con la lengua, haciéndolos aún más apetecibles.

—Te advierto una cosa, Fabio Aro, no vas a ganar esta apuesta.

—Lamento informarte de que siempre cumplo mis promesas, incluso cuando parecen... imposibles —hizo una reverencia y salió de la habitación.

Once

—Querida hermana, he venido tan pronto como he podido —dijo Sulpicia nada más entrar al *tablinum* a la mañana siguiente, dejando a su paso una estela de carísimo perfume—. Cornelio no me ha dejado venir antes, decía que no era apropiado. Aún no entiendo cómo consintió que te casaras *cum manu*, es tan anticuado.

Lydia dejó lo que estaba leyendo y se levantó a recibir a su cuñada. Lo cierto era que había echado de menos a Sulpicia y le haría bien poder charlar con ella.

—¿Con quién se ha peleado Gallus últimamente? —le preguntó.

—La pregunta sería más bien con quién no. No sabes el carácter que tiene ese hombre —respondió Sulpicia con una carcajada.

Charlaron durante un rato sobre Gallus y su mal humor, pero entonces Lydia se acordó del cuchillo y quiso preguntar, aunque seguramente fuera lo que había dicho Aro... que se tratara del que se había perdido hacía tiempo.

—¿Sabes si se ha perdido la daga de mi abuelo?

—¿Qué daga es ésa?

—La que hay en el estudio.

—Ah, ésa —Sulpicia volvió a echarse a reír—. Me habías preocupado. No tengo ni idea, yo jamás entro en el estudio de Cornelio. ¿Por qué?

—Hace poco he visto una que me recordó a ésa —respondió Lydia quitándole importancia, pero aguardó nerviosa la respuesta de Sulpicia.

—¿No se perdió una hace tiempo? Creo recordar haber oído a Publio decir algo al respecto. Ya sabes cómo es, siempre está hablando de algo.

—Sí, ya sé cómo es.

—¡Mira! —exclamó dando una palmada—. ¿Ese plato egipcio es original o es una copia? Había oído rumores sobre la colección de arte del Lobo de mar.

—Creo que es un original —Lydia dejó que la conversación se apartara del tema del cuchillo, pero no pudo evitar sentir que Sulpicia sabía algo que no quería decirle—.Voy a pedir que nos traigan algo de beber. Hace mucho calor para esta época del año.

—¡Siempre sabes lo que necesito! —exclamó con una nueva carcajada—. Me duelen mucho los pies y echo tanto de menos a Publio... La casa no es la misma sin vosotros dos.

Mientras se tomaban el té con menta que les llevó uno de los sirvientes unos minutos después, Sulpicia siguió examinando las obras que adornaban la habitación.

—Supongo que todas estas cosas las trae el Lobo de mar de sus viajes. Sólo los dioses sabrán de dónde las saca —bajó la voz adquiriendo un tono de confesión—. He oído que...

—Aro es conocido por su afición al arte —la interrumpió Lydia, a la que empezaba a molestarle que su cuñada insistiera en llamar Lobo de mar a Aro. Deseaba que Sulpicia supiera todo el bien que había hecho en el distrito—. Tiene una colección impresionante. Si quieres, puedo enseñártela.

—Otro día —respondió Sulpicia rápidamente—. Ahora tenemos cosas más importantes de las que hablar.

—¿Como qué?

—No has respondido a ninguna de las tablillas que te enviado. ¿Cómo se puede ser tan cruel? Esta misma mañana te envié seis.

—Respondí a ésa en la que me preguntabas por lo que debía comer mi padre —Lydia dejó el vaso de té en la mesa y miró a Sulpicia sin dar crédito.

Había recibido a su cuñada con muchas ganas, pero desde que había llegado Sulpicia no se había molestado siquiera en preguntarle cómo estaba. Quizá Aro tuviera razón, quizá debiera desentenderse un poco de la marcha de la casa de su padre. Ya era hora de que Sulpicia aceptase alguna responsabilidad. Pero enseguida pensó que estaba siendo desleal con ella. Aquélla estaba siendo una temporada difícil para su cuñada y sólo necesitaba un poco de ayuda.

Así pues, continuaron hablando de las tareas de la casa y de cómo tratar a los sirvientes. Poco después Lydia empezó a creer que Sulpicia no conseguiría recordar nada de lo que le estaba diciendo sobre cómo tenía que almacenar las provisiones o con qué comerciantes debía tratar. Después se recordó que ésa ya no era su responsabilidad y se limitó a explicarle las cosas tratando de ocultar lo nerviosa que le ponía la situación.

—Por cierto, el problema del *liquamen* está resuelto —anunció Sulpicia con gesto triunfal.

—Había salsa de pescado de sobra en casa antes de que yo me fuera —recordó Lydia sin comprender.

—Ese *liquamen*, no, querida hermana —dijo riéndose como lo hacía cuando estaba particularmente satisfecha con algo que había logrado y otros no—. Te hablo de la salsa de pescado que enviaste a Corinto, la que debía llegarle a Publio y que tú prometiste encontrar el día que acabaste prometida. Quería decirte que ya no debes preocuparte porque por fin lo he resuelto.

—¿Ha llegado a Corinto? —no pudo evitar pensar lo extraño que era el destino; si ese día no hubiese ido al estudio de su padre a solucionar el problema del *liquamen*, no habría conocido a Aro.

—El problema del envío ha quedado resuelto —aseguró Sulpicia con satisfacción—. Sinceramente, no sé por qué todo el mundo me trata como si no supiera hacer nada. Solucioné el problema sin problema después de que tú hubieras fracasado.

—Me alegro de que así sea.

Sulpicia esbozó una misteriosa sonrisa y después continuó hablando sobre los últimos chismorreos del foro. Lydia se limitó a fingir un interés que realmente no sentía.

—Pero bueno, cuéntame algo del Lobo de mar

—dijo de pronto Sulpicia cuando Lydia intentó hablar de los juegos que había previsto para la Fiesta de los Pastores—. ¿Es tan horrible como temías? Sabes que puedes confiar en mí.

Allí estaba la oportunidad que esperaba para explicarle que estaba equivocada sobre Aro, pero probablemente nada de lo que le dijera haría que cambiara de opinión.

—No deberías creer todo lo que oyes por ahí, Sulpicia —se limitó a decir.

—Los rumores siempre esconden algo de verdad.

Un ligero ruido hizo que Korina levantara la cabeza, Lydia la agarró del collar y levantó la vista también. Encontró a Aro en el umbral de la puerta, con una expresión inescrutable en el rostro. Lydia tragó saliva. ¿Cuánto tiempo llevaría allí? ¿Qué habría oído?

La saludó con un ligero movimiento de cabeza y se alejó por el pasillo con paso firme. Sulpicia la miró, expectante.

—¿Y? Algo tendrás que contarme.

—Lo siento, Sulpicia, pero tengo otras cosas que hacer —Lydia se puso en pie y fue hacia la ventana, desde allí vio a Aro salir al jardín. Aunque quisiera hablarle de él a Sulpicia, no habría sabido por dónde empezar.

—Lo comprendo. Tu comportamiento habla

por sí solo. El Lobo de mar ha vuelto a su guarida y estás deseando que me vaya —aseguró con un tono algo malévolo—. De todos modos, debo reunirme con Prosca en los baños antes de la quinta hora. Si quieres venir...

Lo cierto era que Lydia estaba impaciente porque se fuera, lo cual era irónico después de haber tenido tantas ganas de recibir su visita.

—Tengo cosas que hacer, Sulpicia... esta casa no funciona sola.

—Como desees —respondió con una fría sonrisa.

Lydia se despidió de ella tan rápido como pudo y salió al jardín en busca de Aro. Sin duda había oído la conversación y seguramente las palabras de Sulpicia habrían sonado peor de lo que eran. ¿Por qué habría querido el destino que Aro apareciera justo en ese momento? Tenía que hacer algo.

—Sulpicia se ha ido —dijo sentándose a su lado, en el lugar que él le indicó con un gesto. Disculparse no era tan fácil como habría esperado y el gesto de Aro no le hacía las cosas más sencillas—. Vino a verme, quería saber más cosas sobre cómo llevar la casa de mi padre.

—Oí voces y supuse que tenías visita, pero no quería molestar. Espero que no se haya marchado por mi culpa.

—Deberías haber entrado a tomar un té con nosotras. Sulpicia es una buena persona cuando se la conoce, no tiene la cabeza tan vacía como podría parecer a primera vista.

—Parecíais muy absortas en la conversación y no he querido entrometerme —inclinó la cabeza y la miró fijamente, como si tratara de tomar una decisión—. Lydia, tus amigas pueden venir a verte siempre que quieran. No soy ningún demonio, ni pretendo apartarte de tu vida de antes.

—Nunca he pensado que quisieras hacer algo así.

—Entonces habrá sido un error mío.

—Sí, eso parece —respondió ella.

Aro no dijo nada durante un rato, pero Lydia no se levantó como debería haber hecho, simplemente se quedó allí.

—Te he encontrado una doncella —anunció poco después—. La nieta de Rufus, es joven pero está deseando aprender para poder ganarse la vida por su cuenta. Espero que le des tu aprobación.

—¿Cuándo empieza? —preguntó Lydia, ocultando la rabia que sentía de no haber podido elegir su propia doncella, aunque al mismo tiempo se alegraba de tener a alguien que la ayudara.

Aro dio una palmada y, un instante después, apareció un sirviente con una muchacha.

—Tuccia llegó esta mañana —dijo Aro—. Estaba en la cocina esperando a que pudieras hablar con ella.

—Me hubiera gustado que me consultaras —admitió Lydia mirándolo fijamente.

—¿Qué tendría que haberte consultado? Necesitabas una doncella y yo te la he buscado —explicó con total sencillez—. Si no te parece bien, podrás devolverla a su casa.

Nada más llegar, la joven se acercó a Lydia y le besó la mano. Parecía limpia y bien vestida... el tipo de muchacha que ella misma habría elegido como doncella. Lydia habría querido encontrarle algún fallo, pero no pudo.

—Hola, Tuccia. ¿Crees que te gustará trabajar aquí? —le preguntó.

—Mi abuela dice que si usted es la esposa de Aro, estaré en buenas manos —la muchacha la miró con unos enormes ojos marrones—. Ya verá que aprendo rápido y que soy más fuerte de lo que parezco. Siempre he peinado a mi abuela y a mi madre.

¿Qué pretendía Aro? Lydia sentía un gran placer de tener una doncella para ella sola, pero no podía dejar de pensar que Aro había buscado alguien de su confianza, alguien que le fuera leal.

—Bueno, ¿cuál es el veredicto? —le preguntó Aro.

Tuccia la miró sin poder ocultar la súplica de sus ojos. Lydia respiró hondo. No podía acusarlo de querer espiarla delante de la joven y tenía razón, necesitaba alguien que la ayudara con la ropa y con su pelo. Tenía que confiar en él y, lo más sorprendente, quería confiar en él.

—Estoy segura de que Tuccia hará muy bien el trabajo —decidió por fin—. Mis necesidades son sencillas.

—Espléndido.

Aro estiró los brazos por encima de la cabeza y, al hacerlo, Lydia no pudo evitar fijarse en las piernas de su marido y en el modo en que la túnica le marcaba el pecho.

—¿Eso es todo lo que querías de mí?

—Por ahora, sí —Aro respondió con una misteriosa sonrisa, como si supiera lo difícil que le resultaba apartar la mirada de él.

Lydia maldijo entre dientes. Aquella apuesta debería haber sido muy sencilla.

—Supongo que tendrás mucho que hablar con tu nueva doncella. Por cierto, Tuccia, dile a mi esposa que se ponga ropa roja. Ese color la favorece.

—¿Tú qué vas a hacer? —le preguntó Lydia intentando no ruborizarse.

—Quedarme aquí leyendo… a menos que me sugieras algo mejor —añadió con un susurro.

—No, sólo me lo preguntaba —Lydia levantó bien la cabeza y lo miró fijamente a los ojos antes de darse media vuelta—. Tuccia, si me acompañas te explicaré cómo quiero que hagas todo.

La muchacha asintió.

—¿Cuánto tiempo lleva tu familia trabajando para Fabio Aro? —le preguntó Lydia a la muchacha unos minutos después, mientras le enseñaba dónde guardar la ropa en el dormitorio.

—Antes de que su padre lo liberara, mi abuelo era esclavo. Estamos muy orgullosos de trabajar para la casa Lupan. Mi padre fue uno de los capitanes de Fabio Aro hasta que murió. Fue una suerte que Fabio Aro viniera a buscarme a casa de mis abuelos después de que mi abuelo tuviera que dejar de trabajar por las heridas.

—¿Aro fue a buscarte? —preguntó con sorpresa.

—Sí, ¿puede creerlo? El mismísimo Lobo de mar vino hasta casa a pedirle a mi abuelo que me dejara trabajar como doncella de su esposa. Dijo que yo era la persona indicada para el trabajo —añadió con evidente orgullo.

—¿Y que dijo tu abuelo?

—No le gustó. El abuelo nunca ha confiado en

los Veratio. Su familia, su antigua familia quiero decir, le ocasionó un sinfín de problemas al padre de Fabio Aro y mi abuelo dijo que usted también daría problemas. Fabio Aro le dijo que no era así y discutió bastante con el abuelo, hasta que intervino mi abuela y el abuelo tuvo que rendirse. Yo sabía que lo haría porque confía mucho en Fabio Aro.

Lydia escuchó el relato con incomodidad. No sabía que los Veratio hubieran tenido nada que ver en los problemas de la familia de Aro. Sintió un escalofrío. Aro podría haberlo sacado a la luz al descubrir que ella había vendido su vino y sin embargo no lo había hecho.

—¿Y tu madre también se opuso a que vinieras? ¿No eres un poco joven para trabajar?

—Cumplí los doce en enero —mi madre se casó con otro hombre y mis hermanos y yo quedamos al cuidado de mi abuelo.

Así solía ser. Los hijos se quedaban con la familia del padre en caso de divorcio o de un segundo matrimonio.

—Mis hermanos trabajan en los muelles haciendo recados —siguió contándole la muchacha—. Pero yo quiero algo más que acabar casada con un obrero. Algún día quiero que las mujeres vengan a mi casa a que yo las peine y las maquille.

Tuccia empezó a cepillarle el pelo para luego recogérselo en un moño sencillo pero muy efectivo.

—¿Sabes si tu abuelo estaba ya con los Fabio cuando fueron proscritos y tuvieron que exiliarse?

—Sí, señora. Mi abuelo se negó a abandonarlos como hicieron los demás sirvientes. Mi abuela y él se fueron con ellos a Hispania.

—¿Qué razón hubo para que los proscribieran?

—¡Ninguna en absoluto! —declaró Tuccia con ardor—. Los Fabio siempre fueron leales a Roma, pero Aulus Veratio Neptus los traicionó para salvarse él.

Lydia bajó la mirada. Las palabras de Tuccia confirmaban uno de sus temores. Había algo oculto tras el deseo de Aro de casarse con ella. Había estado tan ocupada en subsanar sus propios errores, que no había cuestionado sus motivos. No le sorprendía que su abuelo hubiera sido enemigo del padre de Aro; había sido un hombre muy retorcido. Su madre nunca había sentido mucho aprecio por él y siempre había dado las gracias a Juno de que su padre no hubiera salido a él.

Pero, ¿qué significaba eso para ella y para su matrimonio? ¿Acaso Aro estaba dispuesto a olvidar lo que había hecho el abuelo de su esposa?

Debía de ser así, de otro modo no se habría casado con ella y los habría denunciado por no cumplir el trato.

¿Qué lo habría llevado a no hacerlo?

—¿Ocurre algo, señora? —le preguntó Tuccia—. ¿He hecho algo mal? No me eche, por favor, señora. Mi familia necesita el dinero.

—No has hecho nada malo. Me gusta como me peinas —dijo Lydia agarrándole la mano—. Estoy encantada de tenerte como doncella.

—¿De verdad?

—De verdad —Lydia se puso en pie y mandó a la muchacha a dar de comer a Korina.

—Ése es el tipo de tareas que me gusta hacer —dijo Tuccia con una enorme sonrisa.

Lydia la vio marchar y después fue en busca de Aro. Necesitaba oír la historia al completo de sus labios. Pero encontró el jardín vacío.

—¿Has visto a Fabio Aro? —le preguntó al primer sirviente que salió.

—Se ha ido, señora.

—¿Dónde? ¿Sabes cuándo volverá?

—Hay problemas en los muelles, señora.

—¿Algo grave?

—Los problemas siempre son graves, señora. Pero nuestros hombres se encargarán de ello.

Lydia se sentó y comió mientras esperaba, pero

las sombras fueron haciéndose más y más alargadas y Aro no volvía.

Lydia pasó la tarde en el atrio, con un ojo en la puerta y otro en un rollo de poesía que trataba de leer. A pesar del constante ir y venir de los sirvientes, no había noticia de Aro, sólo le decían que estaba bien.

Finalmente decidió cenar sola y luego charló un poco más con Tuccia, que estaba preocupada por sus hermanos, pero se distrajo contándole todo tipo de aventuras de su abuelo de Fabio Aro en el mar. La muchacha se fue a la cama poco después. Lydia se quedó leyendo con Korina. Cuando no pudo mantener los ojos abiertos por más tiempo, se metió en la cama y entró en un sueño inquieto.

Un ruido la despertó. Se levantó rápidamente de la cama y salió al pasillo, donde encontró a Aro en la puerta de su habitación. Al oír ruido, se volvió a mirarla con rostro sombrío.

—No viniste a cenar —le dijo ella.

—Tuve que salir.

—Y ni siquiera te molestaste en dejarme recado. No he conseguido que nadie me dijera nada excepto que había habido problemas en los muelles.

—Hice lo que me pareció más conveniente —respondió con firmeza—. No quería preocuparte.

—Pues lo has hecho.

Aro la miró de arriba abajo y Lydia lamentó no haberse puesto el manto o llevar algo más que la fina combinación. No obstante, se concentró en mirarlo a los ojos, con la cabeza bien alta.

—Es tarde. Podemos hablar por la mañana.

Pero a Lydia no le importaba la hora, necesitaba saber qué había pasado.

—¿Ha habido algún herido? —preguntó antes de que se marchara—. Supongo que ha habido una pelea por lo que he oído decir a los sirvientes. Tuccia estaba preocupada por sus hermanos.

Aro se detuvo y la miró.

—Todo el mundo está bien. Los hermanos de Tuccia no estaban allí, yo me encargué de que no se vieran implicados. Debo cumplir la promesa que le hice a su padre.

—Me dijo que era capitán de uno de tus barcos.

—¿Qué más te ha contado? —su mirada se volvió dura.

Lydia sabía que era el momento de preguntarle por qué se había casado con ella, pero de pronto ya no le parecía tan fácil como se lo había parecido unas horas antes. Viéndolo tan serio y cansado, le pareció una temeridad.

—De todo un poco. Es muy habladora. Me ha tenido entretenida.

—Parece que te gusta tu nueva doncella.

—Es muy alegre y se lleva bien con Korina.

—Sí, Tuccia siempre está contenta —aseguró con una sonrisa, pero no pudo ocultar el dolor que le ocasionaba cualquier movimiento.

Lydia lo observó detenidamente y se fijó en la extraña posición del brazo derecho y el enrojecimiento que mostraba su mandíbula.

—Habrás conseguido que los hermanos de Tuccia no se vieran implicados en la pelea, pero tú has estado en el centro de ella.

—Sí.

—Deja que te ponga un poco de ungüento.

Sin esperar una respuesta, Lydia fue a su habitación en busca del frasco. Lo encontró con facilidad en la oscuridad gracias a la particular forma de la tapa. Encontró a Aro donde lo había dejado, inmóvil como una hermosa estatua de Apolo.

—El bálsamo que hace maravillas —dijo él—. Veamos si es cierto.

En el momento que le tocó la piel, Lydia sintió un escalofrío al que trató de no hacer caso. Debía concentrarse en aflojar aquellos doloridos músculos.

—Me duele más arriba —susurró de un modo que la hizo estremecer.

Lo más inteligente habría sido alejarse de él, pero sus pies se negaban a moverse. Le echó a un lado la túnica y siguió aplicándole el ungüento en aquella piel cálida y perfecta como el mármol. Le temblaban los dedos, pero siguió moviéndolos hasta que la mano de Aro se lo impidió.

—Seguiré yo.

—Vas a ver como mejora —dijo ella con un hilo de voz.

—Ya lo ha hecho.

De pronto se dio cuenta de que estaba muy cerca de él. Podía sentir el calor de su cuerpo y ver la incipiente barba en su rostro. Apartó la mano de su brazo antes para no dejarse llevar por la tentación de abrazarlo y pedirle que la besara. Deseaba que la besara.

—Debería irme.

Pero no se movió, no podía. Su cuerpo se balanceó ligeramente hacia él, buscando su calor. Levantó la mirada hacia sus ojos para decirle algo, pero no pudo hacerlo al ver el modo en que él la miraba. Entreabrió los labios. Necesitaba sentir su boca. Él inclinó la cabeza.

—¿Es esto lo que quieres, Lydia? —le preguntó hablando contra sus labios—. Dímelo.

—Bésame… por favor.

Le echó los brazos al cuello y se apretó fuerte contra él mientras sus labios se encontraban. Sus lenguas se rozaron un instante. Podía sentir la firmeza de su pecho endureciéndole los pezones.

Y entonces se dio cuenta de lo que estaba haciendo. Retiró los brazos y trató de controlar el ritmo de su respiración.

—Dijiste que no me besarías hasta que te lo suplicara.

—Siento que no te haya gustado.

—Todo lo contrario —admitió—. Sólo quería que supieras que no he suplicado, sólo te lo he pedido.

—Entonces ha sido un error por mi parte —dijo esbozando una sonrisa—. Es hora de que te vayas a la cama… sola.

Dijo inclinando la cabeza a modo de reverencia antes de marcharse. Lydia se quedó mirándolo, después se llevó la mano a los labios, donde aún podía sentir el calor de su beso.

Doce

Lydia se despertó a la mañana siguiente con el ajetreo de los sirvientes. A pesar de la temprana hora, Tuccia ya había preparado el desayuno y esperaba para ayudarla a vestirse. Enseguida le eligió un vestido verde oscuro con una estola de un verde más claro como complemento y, en lugar de cinturón, le puso una cadena. Ella misma le colocó la cadenita cruzada sobre los pechos y alrededor del cuello.

—Fabio Aro no podrá quitarle los ojos de encima —le dijo la muchacha.

—Dudo que vaya a verlo siquiera. Tiene muchas cosas que hacer, sobre todo después de los problemas de ayer. Seguramente ya se haya marchado.

No obstante, Lydia fue en su busca en cuanto pudo, pues quería explicarle que el encuentro que habían tenido en el pasillo la noche anterior había sido un error sin duda provocado por los influjos de la luna. La apuesta seguía en pie.

Acompañada de Korina, Lydia fue al dormitorio de enfrente y llamó a la puerta. No hubo respuesta. Si entraba sin permiso, Aro diría que había ido en busca de sus besos, cuando lo que en realidad quería era asegurarse de que comprendía lo que había pasado.

Fue Korina la que empujó la puerta hasta que se abrió.

No había nadie.

Lydia entró de puntillas y miró a su alrededor, dejándose empapar por la presencia de Aro, tan presente en la habitación y en todos sus objetos. No pudo evitar recordar lo que había sentido al besarlo y la extraña frustración al volver sola a la cama.

Finalmente cerró la puerta y salió al pasillo camino del comedor. Antes de llegar allí se encontró con Aro, con la toga sobre el hombro. Korina ladró de alegría al verlo y corrió a saludarlo, echándose encima de él.

—Korina —la reprendió Lydia por temor a que Aro se enfadara como se habrían enfadado su padre o su hermano si la perra les hubiese puesto las patas encima—. Ven aquí.

—Está bien —dijo él—. Había olvidado la alegría que da tener un perro en la casa.

Lydia sonrió con cierta intranquilidad. Verlo así tan de repente no hacía más que dificultar aún más las cosas. Al verlo acariciar a Korina se dio cuenta de que movía el brazo con dificultad, aunque de no saber que le habían hecho daño el día anterior seguramente ni lo habría notado.

—¿Tienes el brazo mejor? —le preguntó con la esperanza de que eso la distrajera.

—Mucho mejor —Aro hizo una pausa como si fuera a decir algo más, pero continuó acariciando a la perra—. Tuccia puede cuidar de Korina hoy —añadió después.

—¿Tuccia? Había pensado llevármela a casa de mi padre.

—¿Te espera él?

—No —admitió Lydia—. Había pensado ir a ver cómo se estaban arreglando Sulpicia y él.

—Tu visita tendrá que esperar hasta más tarde. Tengo planes para ti. Quiero que vengas conmigo al almacén. Si tenemos tiempo después, iremos juntos a visitar a tu padre.

Lydia lo miró con cierto pesar. Quería ver el almacén, pero le habría gustado que le permitiera elegir.

—¿Por qué hoy?

—Anoche te quejaste de que no te había mantenido informada, así que he cambiado mis planes para hoy con el fin de llevarte a que veas lo que está pasando en la casa Lupan. La primera vez que nos vimos dijiste que te interesaban más los negocios que hilar.

—Así es —confirmó Lydia tratando de ocultar la alegría que le provocaba que hubiera recordado su comentario.

Tenía que asegurarse de que controlaba sus emociones y su cuerpo antes de subirse a una litera con él. El beso de la noche anterior la había afectado más de lo que había creído. Era una locura.

—¿Hay algún problema? ¿Qué otra cosa tenías pensada además de la visita a tu padre? ¿Quizá hilar un rato? —añadió con sarcasmo.

—No había pensado nada —tenía que ir con él o admitir el verdadero motivo por el que sentía ciertas reticencia a acompañarlo.

—Si quieres admitir tu derrota en la apuesta, sólo tienes que decirlo. Uno puede rendirse con honor.

—No tengo intención de rendirme. Un beso no significa nada. Fue culpa de la luna. Hoy soy completamente inmune.

—Como tú digas —le dijo con un extraño brillo en los ojos—. Pero lo niegas con demasiado fervor.

—Es sólo porque me provocas —dio un paso atrás. Lo cierto era que estaba impaciente por volver a sentir sus labios.

—La provocación puede ser muy divertida, pero me temo que no hay tiempo para eso. Debemos marcharnos. ¿Vamos en la litera? —le preguntó en un tono que daba a entender que sabía perfectamente el miedo que le tenía a la intimidad de aquel método de transporte—. Parece que el otro día te gustó mucho.

—¡No! —exclamó Lydia antes de poder controlarse—. Quiero decir que prefiero ver el barrio y los puestos del mercado.

—Te advierto de que es un largo camino, el almacén está junto al río.

—Estoy preparada. Además, las calles deben de estar llenas de gente.

—Claro, no queremos quedar atrapados otra vez… entre la multitud.

A Lydia le preocupaba que Aro adivinase lo que sentía con tanta facilidad. No obstante, se colocó la estola sobre los hombros y lo miró, desafiándolo a decir una palabra.

—Como te prometí, las oficinas centrales de la casa Lupan y el almacén incendiado —anunció Aro ante la estructura carbonizada del edificio junto al que, efectivamente, se encontraban las oficinas—. Tenía pensado haberte traído ayer, pero otros asuntos más urgentes requirieron mi atención.

—Lo comprendo —ahora que veía la magnitud del proyecto y la cantidad de gente que había ya trabajando en él, entendió la importancia de tener bajo control cualquier posible altercado y por qué podía estar preocupado por su bienestar—. Hiciste lo que debías, aunque ayer no opinara lo mismo.

—Gracias —le tomó la mano y se la llevó a los labios.

El roce de su boca le provocó un escalofrío que hizo que retirara la mano rápidamente.

—Es impresionante. El carbón apenas se ha enfriado y ya tienes todo el material para reconstruir el edificio. Normalmente se tarda mucho en reunir a la gente necesaria.

—Si se sabe dónde buscar y se está dispuesto a

pagar un sueldo honrado, se puede encontrar la gente adecuada.

Le puso una mano en la espalda para guiarla hacia el otro lado de las ruinas. Lydia se esforzó en mantenerse recta y no dejarse llevar por la tentación de apoyar la cabeza en su pecho.

—¿Cómo afecta al negocio la pérdida del almacén? —le preguntó para ocultar su confusión.

—Según los augures, el fuego ha limpiado el lugar de demonios y maldiciones.

—Olvídate de los sacerdotes y dime la verdad.

Aro abrió la boca y luego volvió a cerrarla. Lydia esperó varios segundos hasta que por fin respondió con un tono de voz diferente, serio pero con un toque de respeto.

—A estas alturas del año necesitamos hasta el último rincón para almacenar el género —comenzó a decir—. En los meses de invierno, sólo podemos navegar a zonas cercanas, pero tenemos que estar preparados para cuando cambian los vientos y podemos zarpar hacia Cirene y Alejandría. El primer barco que llega con grano hace una fortuna.

—¿Alejandría es tan exótica como dicen? —preguntó Lydia con la curiosidad que siempre había sentido por Egipto.

—El faro que orienta a los barcos es una de las

maravillas del mundo. Deberíamos ir alguna vez. ¿Has viajado mucho?

—No, sólo al norte de Italia. Dicen que Egipto es otro mundo.

—Lo es, pero Roma también es un lugar magnífico —añadió sonriendo—. El sonido de las trompetas al amanecer y la carrera del grano, cuando todos los barcos recorren el mar para ver quién es el primero que llega a Roma a descargar la cosecha de ese año.

—He oído que tú has ganado varias veces.

—Los tres últimos años los dioses han favorecido a la casa Lupan. El año pasado llegamos más de una hora antes que cualquiera de los barcos de Ofelio.

Lydia vio la nostalgia en sus ojos.

—¿Echas de menos los viajes?

—El mar puede ser muy ingrato —dijo con cierta tristeza—. Demasiados amigos y compañeros han acabado con Neptuno y su corte.

—Pero se fueron haciendo lo que amaban —no eran las palabras más adecuadas, pero Lydia había querido decir algo para hacerle ver que lo comprendía.

Aro se acercó y le puso la mano en la mejilla. Sus labios estaban a sólo unos centímetros. ¿Cómo iba a mantenerse distante cuando el mero roce de sus manos provocaba un verdadero fuego en su interior?

Se apartó de su lado y cambió de tema para alejarse de las cuestiones más personales. Hablaron sobre los planes de construcción del almacén y otros asuntos relacionados con el trabajo, pero su mente volvía una y otra vez al modo en que su cuerpo había reaccionado la noche anterior. Aquel beso significaba que sólo quedaban dos y después habría perdido la apuesta. Seguiría siendo una Fabia y no volvería a ser una Veratia.

Lydia observó en silencio mientras Aro hablaba con unos y con otros que acudían a hacerle preguntas en diferentes idiomas.

A cada uno de ellos, Aro le respondía en el idioma que correspondía, ya fuera en griego o en arameo.

—No sabía que hablaras tantas lenguas —le dijo cuando se hubo marchado el último.

—Hay marineros de todos los rincones del mundo. Aprender idiomas ayuda a pasar el rato y es muy útil en las negociaciones.

—Ahora comprendo por qué cobras unos precios tan altos.

—Pero, si Neptuno lo permite, mis cargamentos siempre llegan a su destino, que es más de lo que puede decirse de muchos.

—Sulpicia me dijo que el *liquamen* de Publio se ha entregado por fin en Corinto.

—Eso quiere decir que tu hermano ha tenido mucha suerte. No todos los envíos de Ofelio llegan a su destino tan fácilmente.

—Lo sé, pero al menos ahora Sulpicia estará tranquila. No quise decírselo para que no se preocupara estando embarazada. Perdió a su primer bebé.

—No lo sabía.

—Ese fue el motivo por el que Publio contrajo tantas deudas de juego —Lydia respiró hondo y se dispuso a darle la explicación que merecía—. Por eso vendí el vino de Falerno, tenía que encontrar la manera de salvarlo. Mi padre estaba enfermo y la noticia de las deudas de Publio lo habría matado.

—Vendiste el vino por tu hermano —se distinguía una cierta incredulidad en la voz de Aro.

—Y por mi padre. ¿Qué otra cosa podía hacer? —preguntó con frustración—. Tenía que salvar el honor de la familia. Mi padre habría muerto si hubiera perdido su lugar en el senado.

—Comprendo que pensaras que era eso lo que debías hacer.

Su mirada se clavó en los ojos de Lydia y permanecieron así varios segundos. Fue ella la primera en apartar la vista. Estaba peligrosamente cerca de sentir algo por Aro. Debía recordar que no era mejor que Ofelio o muchos otros mercaderes. Había hecho que aceptara aquel matrimonio de manera forzosa y la mantendría en él del mismo modo.

—¿Has descubierto la identidad del hombre que nos atacó la otra noche?

—Está todo arreglado. ¿Por qué?

—Sólo me lo preguntaba.

—No tienes por qué preocuparte. No volverá a molestarte —declaró con total certeza—. Ahora deja que te enseñe mi rincón preferido de Roma.

Aro la llevó a un pequeño despacho que había a un lado del almacén. El olor a humo era inconfundible, pero allí no parecía haberse quemado nada y era una suerte porque estaba todo lleno de rollos de papiro y tablillas. Era el tipo de habitación en que Lydia sabía que podría pasar horas y horas felizmente, un lugar para escribir, leer y pensar. Y todo estaba muy ordenado, las tablillas escritas con una caligrafía clara y correcta, la de Aro. Nada que ver con el caos que reinaba en el estudio de su padre, donde era imposible encontrar nada.

—No me extraña que te guste tanto, es precioso —dijo mirando por la ventana, desde la que se veía el río Tíber y las barcazas que navegaban por él.

—Tuvimos mucha suerte de que el fuego no alcanzara este despacho, se habría perdido algo más que unas ánforas de aceite —dijo sonriendo con agradecimiento—. Lo cierto es que suelo tener suerte en los negocios.

—¿Eres afortunado?

—Me gusta pensar que sí —respondió con voz baja y misteriosa, como si tuviera un segundo significado.

De pronto Lydia sintió que la habitación menguaba y que si alguno de los dos daba un solo paso, acabarían tocándose. Así que se volvió hacia el pequeño altar y colocó las figurillas que representaban a Mercurio, Neptuno y Minerva.

—¿Por qué tienes aquí tantas cosas? Habría imaginado que preferías trabajar en casa.

—La casa es para recibir a aquéllos a los que hay que impresionar, pero aquí estoy más accesible —respondió despacio, observándola detenidamente con una sonrisa en los labios como si, una vez más, supiera de su nerviosismo—. El corazón del negocio está aquí, en los muelles y los almacenes.

Lydia dejó en su lugar la figurita de Mercurio. No eran necesarios augures o adivinos para interpretar sus palabras; Aro trataba de decirle que tenía intención de mantener aquellas dos vidas separadas. La villa, lugar al que ella pertenecía, siempre sería el segundo en importancia, pues su vida y su felicidad estaban realmente allí. Era evidente que allí, en el trabajo, no necesitaba ayuda, todo estaba perfectamente organizado. No imaginaba a Aro recurriendo a ella en busca de ayuda o de consejo.

Odiaba ver confirmados sus temores. Para él, ella no tenía más valor que una estatua cara, una pieza más de la colección de arte que había mencionado el viejo senador de los baños. Y, al igual que la estatua, iba a mantenerla bajo llave para exhibirla sólo en ciertas ocasiones. Había visto otros casos parecidos, pero nunca habría pensado que le pasaría a ella.

—Lo comprendo.

Aro no respondió, pero todo su cuerpo adoptó de pronto una posición de alerta. Miró al reloj de agua y asintió. Lydia abrió la boca para preguntarle qué pasaba, pero él la calló con un gesto.

—Va a ver —se oyó una voz estridente—. Voy a decirle un par de cosas.

La puerta se abrió de golpe y al otro lado apareció Ofelio, con rostro sonrojado, y otros dos hombres. Lydia se quedó sin aliento cuando vio que uno de ellos era el mismo que los había atacado dos noches antes en el templo. Reconoció la cicatriz de su rostro, aunque ahora tenía un ojo amoratado y casi cerrado. Estuvo a punto de hablar, pero la mirada de advertencia de Aro se lo impidió.

—Adelante, viejo amigo —Aro se acercó a saludar a Ofelio.

Le alegró ver que Lydia se había quedado junto a la ventana. A la espalda de Ofelio, uno de los nietos de Rufus hizo una V con los dedos para indicarle que había cinco hombres. Los otros estarían abajo, esperando una orden para atacar. Aro inclinó la cabeza, pero el nieto de Rufus negó con la cabeza; no había más hombres, sólo cinco. Todo iba según lo planeado.

Aro esperaba la visita, pero no podría haber sabido si pretendía atacar. El hecho de que hubiera llevado sólo cinco hombres significaba que Ofelio sabía que no tenía ningún derecho legítimo sobre ese cargamento. La visita no era pues más que un alarde de su fuerza, con la esperanza seguramente de intimidarlo. Muchos otros lo habían intentado y habían fracasado. Ofelio no conseguiría nada.

—Esperaba encontrarte en tu casa —dijo Ofelio.

—Estaba enseñándole a mi mujer el esplendor de la casa Lupan.

Ofelio se volvió hacia ella de golpe y la saludó con un rígido movimiento de cabeza. Lydia respondió del mismo modo, sin el menor atisbo de sorpresa o de miedo. Aro se sintió orgulloso de su porte. Muchas mujeres se habrían puesto histéricas al ver abrirse la puerta de ese modo. Ese riesgo era una de las razones por las que la había llevado allí aquel día, para que no estuviera sola en la casa en caso de que Ofelio decidiese atacar allí.

—Ayer tus hombres obstaculizaron un envío de aceite de oliva —declaró Ofelio con rabia—. Lo tomaron de uno de mis barcos. Se subieron a él sin permiso, comportándose como piratas.

—Ya no hay piratas en Roma, amigo mío. Como a mi mujer le gusta recordarme, el general Pompeyo se encargó de que no los hubiera.

Ofelio palideció y Aro se preguntó una vez más quién lo protegía, cómo era posible que aún no hubiese acabado crucificado. Pompeyo lo había perdonado, pero seguía comportándose del mismo modo.

—Quiero que me lo devuelvas. Hasta la última gota —acompañó la exigencia con un puñetazo en la pared—. No tenías derecho a abordar uno de mis barcos.

—¿Ni siquiera para recuperar un cargamento que era mío? Tus hombres debieron cometer un error y cargaron un género que era mío.

—Exijo un resarcimiento.

—Me temo que eso es imposible.

—¿Por qué?

—Porque el cargamento llevaba mi sello —Aro se quedó mirándolo frente a frente con las manos en la espalda—. El sello que hay en las ánforas es el mío. Tardamos horas en subsanar el error.

—Mi capitán no está de acuerdo.

Aro miró al hombre que tenía el ojo morado y la mandíbula inflamada.

—Tenéis nuestras ánforas aquí, escondidas en alguna parte —gruñó aquel individuo.

«Y tú atacaste a mi mujer». Aro consiguió no pronunciar aquellas palabras, pues no quería preocupar más a Lydia hasta que supiera el motivo por el que Ofelio había puesto en marcha aquella campaña contra él. En cuanto hubiese ganado su lugar en el senado, se la llevaría a Alejandría y se lo contaría todo, pero por el momento tendría que mantenerla a salvo.

Aro respiró hondo y esperó a que Ofelio exigiera inspeccionar el lugar.

—Por supuesto pueden inspeccionar el lugar si lo desean —estalló Lydia con los ojos llenos de ira—. Fabio Aro no esconde nada. Si dice que hubo un error, está claro que eso fue lo que pasó. Pueden registrarlo todo.

—¿Estás de acuerdo? —le preguntó Ofelio con incredulidad.

Aro resistió la tentación de besar a Lydia. Su intervención había sido perfecta.

—Como bien dice mi esposa, no tengo nada que ocultar. Mis hombres le mostraran a su capitán cualquier lugar que quiera inspeccionar.

Mientras su capitán registraba el lugar, Aro le ofreció a Ofelio un vaso de vino dando por hecho que aprovecharía el momento para declararle la guerra. La conversación giró en torno al precio de la salsa de pescado y la necesidad de chantajes cuando trabajaban en Alejandría. Para deleite de Aro, Lydia hizo varios comentarios brillantes sobre las rutas de comercio y los potenciales problemas de cada una de ellas.

—Parece que tu mujer sabe más de lo que le conviene sobre este negocio.

—Los consejos de una esposa valen más que la seda o el oro —respondió Aro.

Lydia apuró su vaso de vino sin dejar de escuchar la conversación. Era evidente que detrás de aquella charla había mucho más de lo que se podría pensar a simple vista. No podía evitar tener la sospecha de que Aro había esperado la visita de Ofelio y había querido que ella estuviera allí por algún motivo.

Justo cuando el tema de conversación se acercaba peligrosamente al aceite de oliva aparecieron los hombres de Ofelio y le dijeron algo al oído que le descompuso la cara.

—Por lo visto tenías razón, Fabio Aro, siento haberte hecho perder el tiempo.

—Parece que tienes algún tipo de problema con los cargamentos, Ofelio —dijo Lydia, disfrutando de la reacción del mercader—. Primero la salsa de pescado y ahora el aceite de oliva.

—Sí, eso fue debido a un pequeño error de uno de mis empleados —la actitud de Ofelio había cambiado por completo—. Espero que el aceite de oliva aparezca tan fácilmente.

—Una cosa más antes de que te vayas, Ofelio —le dijo Aro—. La próxima vez que envíes a tus hombres de compras, diles que eviten mis barcos y mi mercancía, así todo será más sencillo.

Ofelio le lanzó una mirada de odio, pero no dijo nada. Se dio media vuelta y se marchó. Lydia soltó el aire que había estado conteniendo y dejó el vaso sobre la mesa. Habría querido correr a abrazar a Aro, pero la apuesta seguía en pie.

—¿Has visto al hombre que iba con Ofelio? —le preguntó en cuanto estuvieron solos—. Es el mismo que nos atacó la otra noche. Estoy completamente segura.

Aro fue hacia la ventana y maldijo entre dientes. Lydia se preguntó si había hecho algo mal.

—Esperaba que no te hubieras dado cuenta —dijo en voz baja.

—Lo sabías.

—Sabía que era él cuando nos atacó la otra noche —se volvió a mirarla con tristeza—. Pero ya he ajustado las cuentas con él.

De ahí el ojo morado y la mandíbula hinchada... Y las magulladuras de Aro de la noche anterior. ¿Lo habría hecho por ella? No, eso era imposible, seguramente lo había hecho tan sólo para proteger su honor.

—¿Por qué no me lo dijiste?

—¿De qué habría servido? —volvió a girarse hacia la ventana, dándole la espalda—. Te habrías asustado inútilmente. Pero no te preocupes, ahora ese tipo ya sabe lo que les pasa a los que se atreven a meterse con el Lobo de mar y seguro que la historia se extenderá por el foro en un abrir y cerrar de ojos.

—¿Por qué te llaman Lobo de mar?

—Lo elegí cuando empecé en este negocio, en honor a mi antepasado Rómulo, que fue amamantado por una loba y fundó Roma. Me servía para recordar todo lo que había perdido mi familia.

—Entonces no tiene nada que ver con la piratería.

Aro la miró con una gran sonrisa que lo hizo parecer más joven.

—Me precio de ser un hombre íntegro. Lo único que Sila no pudo quitarle a mi familia fue nuestra integridad. Conmigo cualquiera podría jugar al micatio en la oscuridad.

Micatio, o pares y nones, era uno de los pocos juegos que los romanos podían jugar en la calle. Requería velocidad, ingenio y la habilidad de interpretar el lenguaje corporal del adversario para intentar adivinar el número de dedos que sacaría. Por lo tanto, uno sólo jugaría al micatio en la oscuridad con alguien de completa integridad.

Lydia se acercó a Aro, aún se podía ver la tensión en sus músculos.

—Es extraño, yo pensé que Ofelio tenía reputación de hombre honesto.

—Yo desde luego jamás jugaría a oscuras al micatio con él. De hecho, me parece increíble que tu padre siga haciendo negocios con él.

—Sin embargo, en contra de lo que tú predijiste la primera vez que nos vimos, la salsa de pescado de Publio ha llegado a su destino.

—Eres increíble —dijo agarrándole la barbilla suavemente y obligándola a levantar la vista hacia él—. Por algún motivo, a Ofelio le ha convenido entregar ese *liquamen*, pero estoy seguro de que hay algo detrás de esa entrega.

—¿Tú crees? —preguntó Lydia, consciente de que su voz se había tornado grave, casi un susurro. No podía apartar los ojos de él, de la cicatriz de su mejilla, de su pelo alborotado. Debía moverse, pero no podía.

—Me he sentido muy orgulloso de ti —dijo acariciándole la cara con la respiración—. Esperaba que nuestro amigo del templo no pudiera andar. La última vez que lo vi se arrastraba y llamaba a su madre a gritos. Quizá debería haberte avisado, pero no quería preocuparte. Sólo pretendía protegerte.

Lydia se mordió el labio inferior. Deseaba estar enfadada con él, pero lo cierto era que hacía mucho tiempo que alguien no la cuidaba de ese modo.

—Gracias.

Aro levantó la mano hasta su boca. Sus labios le rozaron la mano. Lydia intentó pensar en algo que no fuera la forma perfecta de su boca y el calor que empezaba a invadirle el cuerpo.

—Aro —susurró—... por favor.

Entonces él se inclinó y la besó en los labios con la suavidad de una mariposa sobre una flor.

Ella abrió la boca y le permitió la entrada. Sus lenguas se encontraron y Lydia se apretó contra él, incapaz de resistir la tentación de entregarse por completo.

Pero entonces, tan repentinamente como pasaba una tormenta de verano, volvieron a separarse. Lydia se humedeció los labios. Tenía la respiración acelerada y los ojos entreabiertos.

Sabía a menta y miel y se había abierto dulcemente para él. Había hecho que Aro deseara sumergirse de lleno en su cuerpo y volver a hacerla suya. Pero había dado su palabra y era un hombre de honor. Tenía que dejar que fuera ella la que se acercara a él, que empezara a confiar en él. Tarde o temprano se rendiría y comprendería todo lo que le estaba ofreciendo.

Le acarició la cara, pero ella la apartó. Se arropó con la estola, para esconder su cuerpo quizá.

—Si ha pasado el peligro, me gustaría ir a visitar a mi padre —anunció con voz débil—. A juzgar por el número de tablillas que me envía cada día, mi cuñada me necesita. Cualquiera se daría cuenta de que le sería más fácil aprender a hacer las cosas sola que tomarse el trabajo de enviarme tantos mensajes.

Aro la observó detenidamente. Deseaba decirle que no debía consentirle nada más a esa cuñada malcriada que tenía, que debía dejar que su familia se las arreglase sin ella o se hundiera sola, pero sabía que no serviría de nada. Llevaba toda la vida cuidando de ellos.

—¿Quieres que te acompañe? —le preguntó Aro escondiendo con cuidado toda emoción—. ¿O prefieres que se lo ordene a varios de mis hombres?

—No deseo apartarte de tu trabajo.

—Como desees.

Trece

—Veratio Cornelio y la señora Sulpicia no están.

Lydia se mordió el labio inferior y miró a Gallus con frustración. Tras el sirviente podía ver el atrio de la vivienda con el pequeño estanque de peces. Todo parecía más pequeño y más viejo, pero no menos querido. No se había dado cuenta hasta qué punto echaba de menos aquella casa. Era un hogar, cosa que la villa del monte Aventino no podría ser nunca.

Según le dijo Gallus, su padre y su cuñada habían salido a cenar y no habían dicho cuándo volverían, así que Lydia le pidió que les dijera que había estado allí y se dispuso a marcharse.

—Me alegro de verla, señora. Aquí todos la echamos de menos —dijo Gallus cuando ella ya se había dado media vuelta.

Lydia respiró hondo y caminó tan rápido como pudo. De vuelta a casa, no pudo dejar de pensar en los dos besos que había compartido con Aro. Si quería conservar una ínfima parte de respeto por sí misma y de libertad, debía controlarse y no besarlo una tercera vez durante los siguientes cuatro días.

Nada más llegar a la villa, Tuccia insistió en que tomara un baño y le dejara que le arreglara el pelo, y Lydia no pudo llevarle la contraria. Una vez la doncella estuvo satisfecha con el resultado, Lydia salió al jardín y se sentó en un banco de piedra. Korina se sentó a sus pies y en un instante empezó a roncar.

Con la cara apoyada en la mano y bajo el sol de la tarde, Lydia pensó en lo distinto que era todo allí; tan limpio y perfecto. ¿Cómo podría sentirse a gusto alguna vez? Todo era demasiado... Aro. Allá donde mirara veía señales de él, de su mano. Por agradable que fuera, seguía siendo una jaula de oro, nunca un hogar.

Tocó el anillo que llevaba en el dedo, el arra a

cuyo peso se había acabado acostumbrando. La leyenda decía que aquel anillo unía los corazones de los novios convirtiéndolos en uno solo. La idea le provocó una triste sonrisa. Entre ellos nunca podría haber el amor que había habido entre sus padre. Era inútil desearlo.

De repente Korina levantó una oreja y empezó a ladrar de alegría, mirando hacia la puerta del jardín. Allí estaba Aro, con la piel brillante y su inmaculada túnica verde. Por un momento, Lydia creyó ver una expresión de alegría en su mirada, pero fue tan fugaz que se convenció de que lo había imaginado.

—Pensé que estarías con tu padre —le dijo Aro cuando estuvo cerca y se detuvo a acariciar a la perra.

—Habían salido a cenar —deseaba levantarse y abrazarlo, hundir el rostro en su pecho y eso la asustaba.

Aro asintió y, sin esperar una invitación, se sentó a su lado, más cerca de lo que era estrictamente necesario. Lydia sintió de inmediato el efecto de su cercanía, pero se ordenó a sí misma no ceder a la tentación pues hacerlo significaría renunciar a su familia para siempre. Se apartó unos centímetros.

Él enarcó una ceja como si supiera perfectamente por qué se había apartado. Entonces alargó la mano y le quitó algo del pelo.

—El árbol pretendía decorarte el peinado.

—A Tuccia no le parecería bien. Ya se ha quejado de que esta mañana me he vestido demasiado rápido —añadió riéndose, pero la risa desapareció al mirarlo y ver la expresión de sus ojos.

No pudo hacer otra cosa que levantarse y apartarse de él.

—¿Ya eres una esclava de tu doncella?

—No tanto, pero debo admitir que tiene muy buen gusto.

—Mi hermana solía decir lo mismo de la madre de Tuccia —Aro respondió con voz nostálgica.

Lydia lo miró con curiosidad. Quería saber más cosas de él, de su pasado.

—No sabía que tuvieras una hermana. ¿Tienes también algún hermano?

—Mi hermana murió y no teníamos más —dijo en un tono casi neutro.

—¿Cómo murió? —se le pasaron un millón de posibilidades por la cabeza. Tenía que saberlo.

—Se la llevó una fiebre, la misma que mató a mis padres. Un día estaban bien y al siguiente empezaron a tener fiebre muy alta y dolores de estómago. Mi hermana no era feliz con su marido y había venido a pasar una temporada con nosotros.

—¿Y dónde estabas tú cuando ocurrió?

—Esa misma mañana me había ido de viaje —se pasó la mano por el pelo y se puso en pie—. Mi padre no quiso llamar al médico y cuando lo hizo ya era tarde. Cuando me mandaron llamar, los tres esperaban ya para cruzar la laguna Estigia.

—No podrías haber hecho nada por ellos.

—¿Cómo lo sabes?

—Mi madre también murió por culpa de unas fiebres —Lydia tragó saliva intentando apartar de su memoria el recuerdo de aquel aciago día—. Yo había ido a llevar unos paquetes a casa de un cliente de mi padre. Podría haber ido algún sirviente, pero fui yo y, cuando llegué, ya era tarde. Había estado con ella esa misma mañana...

—Lo pasado, pasado está. Nada de lo que hagamos podrá hacer volver a los muertos.

Sus palabras resonaron con fuerza y Lydia sintió que había levantado un muro a su alrededor, dejándola al margen de esa parte de su vida. Como si el pasado fuera un lugar prohibido para ella.

—Y sin embargo nunca te casaste, no intentaste formar una familia.

—Me he casado contigo —le recordó con voz tajante.

Lydia no levantó la mirada del suelo, no se atrevía a mirarlo a los ojos.

—Necesitabas una esposa —dijo tratando de parecer despreocupada—. Quieres entrar en el senado y necesitas el apoyo de mi padre.

Aro la miró con los ojos brillantes. Deseó que dijera algo en lugar de observarla con aquella mirada de lobo, quería oírle decir que se había casado con ella porque la deseaba y a pesar de todo lo que había hecho su familia en el pasado.

—Como tú digas —se limitó a decir con una buena dosis de ironía—. Tenía mis motivos.

—Muy bien —se dio media vuelta—. Ahora, si me disculpas, es casi la hora de la cena.

—Nunca hablas de tu marido —sus palabras la detuvieron en seco—. Murió hace doce meses, tiempo más que suficiente para que te hubieras vuelto a casar. ¿Por qué no lo hiciste?

Lydia miró a lo lejos. Era difícil de explicar. Tito pertenecía a otra vida, ella había sido otra persona; alguien mucho más joven. No había querido casarse por motivos equivocados.

—No era el momento —dijo por fin—. Mi padre cayó enfermo, Sulpicia perdió el niño, así que tuve que dejar todo de lado y luchar por mi familia.

—Las cosas pasan —murmuró él antes de apartarse de su lado e ir hasta el precipicio desde el que se veía Roma a sus pies.

Lydia se encontraba entre la espada y la pared. Si iba tras él, acabaría en sus brazos y no era allí donde quería estar. ¿O sí?

—Deberíamos entrar —le dijo de lejos—. Los sirvientes estarán esperándonos para lavarnos las manos y los pies.

—Si eso es lo que quieres...

Durante los siguientes días, Lydia pensó mucho en aquella conversación, en que debería haber hecho o dicho algo más. Después de aquella charla algo había cambiado, Aro estaba más distante y reservado. No había vuelto a intentar besarla, ni había tratado de ponerla en una situación en la que eso pudiera suceder. Lydia no pudo evitar sentir que se le había escapado algo y había cometido algún error.

Aro no volvió a mencionar la apuesta, era como si de pronto hubiera cambiado de opinión.

El último día de la apuesta, Lydia fue a los baños y descubrió que una vieja amiga de su madre vivía cerca, por lo que fue a visitarla y pasó un rato con ella. Fue muy agradable hablar de su madre y recordar viejas historias, pero en todo momento tuvo una cierta sensación de tristeza. Iba a ganar, pero no porque no se sintiera atraída por Aro, sino porque él había perdido todo interés en ella. La victoria tenía un sabor amargo.

Al volver a casa encontró a Tuccia en su habitación, hecha un mar de lágrimas. Después de insistirle varias veces y de pedirle que dejara de ordenar los frascos de perfumes y ungüentos, Lydia consiguió que le dijera lo que ocurría.

—Mi abuela está enferma —dijo la joven entre sollozos—. Está muy enferma y no hay nadie que pueda cuidarla. Mis hermanos han embarcado rumbo a Ostia y mi madre... bueno, mi madre no quiere saber nada de ellos. Nunca se han llevado bien y ahora está muy ocupada con su nuevo marido y su bebé. Tengo miedo de que le pase algo. ¿Quién va a llevarles el vino y el pan?

—Vas a volver con ellos y te quedarás hasta que ambos estén lo bastante bien como para cuidarse solos —le dijo levantándole la cara para poder mirarla a los ojos—. Yo puedo arreglármelas sin ti.

—Pero, señora, no puedo.

—¿Por qué no? Aquí no me serás de mucha ayuda si estás preocupada por tus abuelos. Tu padre ha hecho un gran servicio a la casa Lupan y a la familia Fabio y merece estar bien cuidado.

El rostro de Tuccia se iluminó al oír aquello y

la sonrisa que se dibujó en su boca fue como el sol que aparecía tras una tormenta.

—Gracias, señora. Que Juno la bendiga.

De pronto, al verla volver a colocar los frascos, se le ocurrió una idea. Había encontrado la manera de ganar la apuesta y al mismo tiempo de demostrarle a Aro que tenía intención de implicarse en el futuro de la casa Lupan y de todos los que estaban relacionados con ella.

—Me gustaría ir a ver a tu abuelo y llevarle este ungüento para darle las gracias por todo.

—Es usted muy amable, señora.

—Qué tontería, debería haberlo hecho mucho antes —como habría hecho su madre.

—No tiene por qué hacerlo, señora.

—No es cuestión de tener, sino de querer. No quiero que vuelvas hasta que tu abuela esté bien. Yo podré maquillarme y peinarme sola durante un tiempo.

—¿Está segura?

—Completamente. El resultado no estará a tu nivel, por supuesto, pero me las arreglaré.

Los sirvientes estaban ocupados limpiando el estanque del atrio, por lo que Lydia decidió que con un solo escolta le bastaría. Al fin y al cabo,

Strabo era tan alto y fuerte que casi valía por dos. Además estaban a plena luz del día y habrían vuelto antes de la séptima hora.

Claro que Aro no estaría allí para recibirla, pensó con una punzada de dolor.

Las calles se iban haciendo más estrechas y más llenas de casas a medida que se acercaban a la zona junto al río en que vivían los abuelos de Tuccia. Finalmente llegaron al edificio de cuatro plantas donde se encontraba la casa.

—Mis abuelos viven en el último piso —dijo Tuccia antes de subir corriendo el primer tramo de escalones.

—¿Quiere que suba yo a llevar eso y me asegure de que la muchacha queda a salvo con sus padres? —se ofreció Strabo al ver lo humilde de la vivienda.

—No he venido hasta aquí para quedarme abajo —aseguró Lydia—. Pero tú espérame aquí, tengo la sensación de que arriba no habrá mucho sitio.

Por fin llegó a la última planta después de haberse cruzado con varios borrachos por la escalera. Les abrió la puerta un anciano con las manos vendadas.

—¡Tuccia! ¿Qué haces aquí? No te habrás escapado, ¿verdad?

—Esta mañana la avisaron de la enfermedad de su mujer —explicó Lydia, contenta de haber acompañado a la joven para que su abuelo no desconfiara de ella.

—Abuelo, ésta es la esposa de Fabio Aro.

La actitud del hombre cambió de inmediato. No obstante, la invitó a pasar. El apartamento era muy pequeño, pero estaba limpio. La abuela de Tuccia estaba en la cama con un paño sobre los ojos, pero al enterarse de quien era, trató de levantarse.

—Fabio Aro y usted ya han hecho mucho por nosotros y ahora esta visita —dijo la mujer después de desistir de incorporarse siquiera—. Fíjese, el otro día nos envió toda un ánfora de salsa de pescado.

Lydia se quedó boquiabierta al ver el recipiente que le señaló la mujer. El símbolo que llevaba inscrito le resultaba muy familiar. No era de extrañar que Publio se quejara de que la mercancía no hubiera llegado a Corinto, nunca había salido de Roma. Aro lo había sabido desde un primer momento y aun así, había dejado que creyera que Sulpicia lo había solucionado todo. ¿Cómo habría conseguido Aro aquel *liquamen*? ¿Se lo habría comprado a Ofelio?

—Dígame, ¿no está contenta con los servicios

de Tuccia? —le preguntó la abuela con evidente preocupación.

—Claro que lo estoy, nunca había tenido el pelo tan bien cuidado —aseguró Lydia antes de sacar el frasco de ungüento—. Cuando oí lo que le había pasado en el fuego, se me ocurrió traerle un poco de mi ungüento, es una receta de la familia y hace verdaderos milagros con las quemaduras.

Rufus sonrió con absoluta sinceridad al oír aquello.

—Eso sí que es todo un detalle por parte de Aro. Nunca se olvida de los que le son leales, digan lo que digan algunos.

—Sí —asintió Lydia—. Aro es un buen hombre.

—Se lo agradecemos mucho, señora —volvió a hablar Rufus—. Estoy seguro de que me vendrá muy bien. Tuccia, gracias por venir a vernos.

—Verá, yo... quiero decir... Fabio Aro desea que Tuccia se quedé aquí a cuidarlos a ambos —había mentido, pero era necesario. Aro estaría de acuerdo con su decisión y, a menos que creyera que la idea procedía de Aro, Rufus no aceptaría que su nieta no volviera al trabajo—. Puede volver cuando ambos se encuentren mejor. Eso es lo que me mandó decir Fabio Aro.

La mujer tenía los ojos llenos de lágrimas.

—Que los dioses la bendigan, señora. Sé que esto es cosa suya. Ves, Rufus, te dije que Fabio Aro nunca se habría casado con alguien horrible. Ella no es como los Veratio, es demasiado inteligente para eso. Rufus, te has portado como un tonto.

—Si me permite que se lo diga, señora —intervino el aludido—, al principio no me gustó nada que Fabio Aro fuese a casarse con una Veratia. De esa familia nunca ha venido nada bueno, decía yo. Pero él siguió adelante y ahora me alegro de que lo hiciera y de que usted haya protegido a Tuccia. Es usted toda una señora. Que los dioses la bendigan a usted y a su matrimonio.

De vuelta en la calle, Lydia buscó a su protector, pero parecía haberse desvanecido en el aire. Se frotó los ojos sin saber qué hacer. Dio unos pasos hacia la calle principal y echó un vistazo a la taberna, llena de trabajadores. ¿Dónde se había metido Strabo?

De pronto unas manos ásperas la agarraron por los hombros.

—Vaya, vaya, mira lo que he encontrado.

Catorce

Aro sintió que la casa estaba distinta desde el momento que entró. Se dirigió rápidamente al *tablinum*, pero allí sólo encontró a Korina, que levantó la cabeza y lo miró con curiosidad.

—¿Tu dueña no está aquí?

No le gustaba que Lydia se hubiese marchado de la casa sin dejarle una nota de dónde iba a estar. Uno de los sirvientes le dijo por fin que Lydia, Tuccia y Strabo se habían ido hacía ya varias horas y ninguno había vuelto. Por desgracia, nadie les había preguntado adónde iban.

Aro maldijo entre dientes.

Había vuelto temprano con la intención de pasar la tarde con ella. Los siete días llegaban a su fin y Lydia no había acudido a él como él había previsto. Seguían llegando tablillas con maldiciones y los enfrentamientos con los hombres de Ofelio continuaban, lo que había apartado a Aro de Lydia más de lo que habría deseado. Empezaba a extenderse el rumor de que los augures se habían equivocado, que los dioses no favorecían su matrimonio con Lydia.

El tiempo se acababa y no iba a quedarle más que una opción... seducirla. Iba a ganar esa apuesta y Lydia iba a disfrutar con ello. No podía arriesgarse a que lo abandonara y le hiciera pedazos el corazón al hacerlo. Lydia se había convertido en alguien muy importante para él, mucho más de lo que habría creído posible.

¿Por qué no le habría dejado una nota?

Aro repasó sus opciones. No podía presentarse en casa de su padre preguntando por su esposa. Esperaría un hora más y, si entonces no había regresado, mandaría a sus hombres a buscarla.

Dio gracias a los dioses porque al menos hubiese tenido el sentido común de llevarse un guardaespaldas. Fuera donde fuera, estaría a salvo. Eso sí, en cuanto regresara iba a exigirle una explicación. No se dejaría engañar por el movimiento de sus pestañas o por sus suspiros. Tenía que saber por qué había decidido no hacer caso a sus consejos... ni a él mismo.

Lydia se revolvió entre las ásperas manos que la sujetaban. Con una certera patada en la espinilla de su captor, consiguió soltarse. Echó a correr, pero otras manos la agarraron. Intentó luchar, pero no pudo liberarse.

—Lydia Fabia, es un verdadero placer verla. Y tan hermosa como siempre. ¿Verdad que es hermosa, muchachos? Un verdadero regalo para la vista.

Lydia se quedó helada. Podía percibir la burla que empapaba la voz de Ofelio. Las manos que la sujetaban la soltaron de pronto y a punto estuvo de caerse. Antes de volverse hacia la voz, respiró hondo y se colocó el manto.

Dignidad, pensó. Tenía que demostrarle a Ofelio que no le tenía miedo alguno. Por encima de todo, era una romana y por ello debía comportarse con decoro en todo momento. Sólo habría deseado que alguien se lo hubiera dicho a sus rodillas, que parecían incapaces de sostenerla.

—¿Qué ocurre, Ofelio? ¿Por qué pretendes mantenerme prisionera?

—Ésa es una palabra muy fea, señora —sonrió

de un modo que dejó ver todos sus dientes—. Digamos que es más bien una detención preventiva.

—Es lo mismo. Déjame que me vaya —exigió tratando de librarse de las manos que habían vuelto a agarrarla.

—Una matrona romana de su posición descubierta en un oscuro callejón sin protección alguna. Alguien tenía que hacer algo, es una cuestión de... decoro.

—Me acompañaba un guardaespaldas.

Tenía que escapar. Si echaba a correr, podría volver a casa de Tuccia y allí, de algún modo, avisarían a Aro.

—Estará buscándome, así que deja que vuelva a casa de Rufus y lo espere allí.

—Es una lástima que haya cometido semejante descuido.

Lydia sintió un sudor frío en la frente. Había tres hombres a su espalda, uno de ellos era uno de los borrachos que se había cruzado en la escalera.

—Aro debe de estar loco para dejar sola a su mujer de este modo —siguió diciendo Ofelio—. Pero seguro que se alegrará de saber que está en buenas manos.

De pronto tuvo el siniestro presentimiento de que Ofelio no tenía intención de devolverla a Aro. Quería utilizarla como cebo, pero... ¿qué pasaría cuando descubriera lo poco que significaba ella para su esposo? Se le revolvió el estómago. Lo peor de todo era que ella misma había confiado en aquel... pirata para que transportara la salsa de pescado de Publio.

—¿Está pensando acompañarme a casa? Es muy amable por su parte.

Ofelio silenció las risas de sus hombres con un simple gestó.

—Volverá a su debido tiempo, pero antes quiero disfrutar un poco de su compañía. Usted es célebre por su ingenio.

—Sea cual sea su problema con la casa Lupan, no es éste el modo de conseguir una compensación. Debería dejar que sean los tribunales los que decidan.

Esa vez, Ofelio y sus hombres se rieron al unísono.

—¿Qué os dije, muchachos? Es una verdadera maestra de la palabra —soltó una sonora carcajada—. ¿Los tribunales? Aro y yo disputaremos esto hombre a hombre como hemos hecho siempre.

El terror empezaba a apoderarse de ella. Su deseo de independencia había llegado demasiado lejos. Al margen de lo que sintiera por ella, Aro nunca pondría en peligro su negocio por ella. No tenía el valor suficiente. Tenía que hacer que Ofelio entrara en razón antes de que fuera demasiado tarde.

—Está cometiendo un gran error si cree que así conseguirá que Fabio Aro cambié de actitud. El Lobo de mar no cambia por nadie.

—Espero que se equivoque, por su propio bien —replicó Ofelio—. ¿Nos vamos?

—Me parece que no tengo elección.

—Así es.

—Fabio Aro, tenemos un problema —anunció Piso nada más entrar al *tablinum* y al ver que Aro levantaba la vista hacia él, continuó hablando con el ceño fruncido—. Strabo, el hombre que acompañó a Lydia esta mañana... Rufus lo ha encontrado a la puerta de una taberna. La misma en la que me encontraste tú el otro día.

Aro sintió que se le helaba la sangre en las venas. Era evidente que Lydia no estaba con él. Se le pasaron por la cabeza un millón de cosas en un instante, pero respiró hondo. No podía haberle pasado nada.

Según le contó, Lydia había ido a visitar a Rufus para llevarle un frasco de ungüento para las quemaduras. Poco después, Rufus había bajado a la taberna a tomarse un vino y había encontrado a Strabo caído en la puerta del local.

Aro apenas podía controlar los nervios.

—Pero, ¿dónde está Lydia?

—Eso es lo de lo que quería hablarte.

—¡Por todos los dioses, dilo ya!

—Ha desaparecido. Rufus y su esposa fueron los últimos que la vieron, estaban encantados con su visita.

Aro resistió la tentación de zarandear a Piso; sacarle la información estaba resultando tan difícil como hacer sangrar a una estatua.

—¿Quién dio permiso a Strabo para emborracharse?

—Según ha dicho, le dieron un golpe en la cabeza y lo cierto es que tiene un bulto del tamaño de un huevo de gallina, pero quizá se lo hiciera al caer al suelo. La camarera dice que no vio nada, pero estoy pensando ir para allá y…

—¿Dónde está Lydia? —Aro explotó con un grito de impaciencia.

—No lo sé. La camarera dice que los hombres de Ofelio a veces van allí a beber; había uno de ellos allí, pero se marchó nada más verme llegar. Al volver aquí, uno de sus hombres me ha dado esto.

Aro vio la tablilla. Ofelio afirmaba tener algo de valor y le ofrecía un intercambio. No había duda de lo que era ese objeto de valor.

—Deberías haberme dicho esto lo primero.

—¿Crees que podría tenerla Ofelio? Por Júpiter, eso es algo que no le deseo a ninguna mujer.

Aro trató de no escuchar las palabras de su amigo. Podía imaginar lo que ocurriría. Ofelio trataría de negociar con él a cambio de Lydia y él, después de haber visto cómo su cabello oscuro le caía por la espalda, de haber oído su voz y ver las curvas de su cuerpo, ofrecería más de lo que le convenía. Quería volver a verla sonreír y por eso lo sacrificaría todo.

Aro se puso en pie, se secó el sudor de las manos en la túnica y tomó una decisión. Tenía que controlar su imaginación. Se negaba a negociar, ni siquiera por Lydia. Si Ofelio la tenía, tendría que luchar y sería a muerte.

Lydia siguió a Ofelio con fingida complacencia, pero tenía todo el cuerpo en tensión y buscaba la menor oportunidad para echar a correr. Avanzaban despacio, pues Ofelio se detenía en algunas esquinas y esperaba a recibir alguna señal para continuar. Afortunadamente, ninguno de sus hombres la había tocado.

Las calles fueron resultándole más familiares y vio varios lugares que recordaba del día que había ido con Aro al templo de Diana. Desde allí podría encontrar el camino de vuelta a casa. Tenía que encontrar el modo de escaparse. No tenía la menor duda de que Aro se pondría furioso cuando se enterara de lo ocurrido. La había advertido del peligro. Parecía que las Parcas habían decidido retorcer el hilo.

Estaban atravesando un mercado lleno de gente cuando sintió que el corazón se le salía del pecho. Reconoció los colores y los portadores de la litera. En el nombre de Juno, ¿qué estaba haciendo allí su padre? Agitó las manos, pero no obtuvo respuesta y la litera torció en dirección al foro. Una mano la agarró del brazo.

—Lydia, ¿qué estás haciendo aquí? Caminando en medio de esta locura —la voz de Sulpicia se oyó entre la multitud.

Sulpicia la había visto. Estaba salvada. Sin pensárselo dos veces, Lydia se deshizo de un golpe de la mano del hombre que la agarraba y echó a correr hacia la litera de su cuñada.

—Gracias por tu hospitalidad, Ofelio —le dijo a gritos, retándolo a detenerla delante de tanta gente—. Pero estoy algo cansada, seguro que mi cuñada podrá acompañarme a casa.

Ofelio apretó los labios y, con un gesto, ordenó a sus hombres que la siguieran. Lydia corrió tan rápido como pudo. Uno de los hombres tropezó con un puesto del mercado; los higos salieron volando por todas partes. El vendedor empezó a gritarle y, en un abrir y cerrar de ojos, se desató una pelea. Para entonces, Lydia ya se había subido a la litera sin esperar a que los portadores la bajaran al suelo.

—Lydia, querida, pareces estar sin aliento.

—Estoy bien. Sulpicia, ¿podrías llevarme a casa?

—Por supuesto, pero no entiendo cómo tu marido te hace andar por estas calles sin un guardia.

—No sé cómo me separé de mi guardaespaldas.

—Ay, Lydia, has debido de pasar mucho miedo. ¿Estás bien? ¿Alguien te ha hecho daño?

La litera empezó a moverse por fin. Lydia se atrevió a mirar atrás y vio que los vendedores del mercado seguían dando buena cuenta de los hombres de Ofelio. Se recostó sobre los cojines y se relajó. Estaba salvada.

—¿Qué haces en esta parte de la ciudad, Sulpicia? —le preguntó poco después.

—He ido al templo de Diana a asegurarme de que el bebé nacerá fuerte y sano —su cuñada se acercó a ella con gesto resplandeciente—. El augur me ha dicho que será niño. Publio estará muy contento.

—¿Y mi padre, qué tal está?

—Bien, aunque con un humor muy cambiante. Sabes lo que odia perder y parece ser que el otro día perdió un caso en el tribunal. Para colmo de males, últimamente ha invitado a cenar varias veces a ese despreciable de Ofelio.

—¿Ofelio? —Lydia la miró fijamente—. ¿Qué tiene que ver mi padre con Ofelio?

Sulpicia se sonrojó.

—No le des importancia. Olvida que te lo he dicho, ya sabes cómo soy, siempre estoy hablando de más. Ahora, déjame que te cuente los lazos que he visto...

Lydia dejó que hablara mientras ella respiraba hondo y miraba el techo de la litera.

Se le hizo un nudo en la garganta al ver la fachada de la villa. Estaba en casa. Lo primero que sintió era que deseaba refugiarse en los fuertes brazos de Aro y sentir su olor. De pronto no le importaba perder la apuesta. Sabía que mientras Aro estuviera allí, estaría a salvo. Se quedó tan sorprendida de sentir aquello, que apenas se despidió de Sulpicia antes de bajarse de la litera.

El sirviente que le abrió la puerta se quedó atónito al verla, pero Lydia no le prestó atención, estaba demasiado impaciente por ver a Aro y contarle su aventura. Tenía que saber lo que estaba ocurriendo y quizá pudiera advertir a su padre de lo peligroso que era hacer negocios con Ofelio.

Encontró a Aro en el atrio, rodeado de hombres con palos y espadas. Al verla entrar, todos se callaron de repente y se hizo un silencio ensordecedor. Aro se dio la vuelta y sus miradas se encontraron. Se le iluminó el rostro, pero sólo fue un momento porque enseguida frunció el ceño y Lydia tuvo la impresión de haber imaginado la primera reacción.

Deseaba abrazarse a él y decirle que se había equivocado, que debería haberse llevado dos guardaespaldas, pero no podía decírselo allí, delante de todos aquellos hombres. Así pues, se limitó a saludarlo con un movimiento de cabeza.

—Has vuelto, Lydia.

—Me ha traído Sulpicia.

Aro enarcó una ceja al oír aquel nombre.

—No tenía idea de que hubieras ido a visitar a tu padre.

—Y no he ido.

No respondió. Se acercó a uno de sus hombres y le dijo algo al oído. En completo silencio, todos fueron saliendo de la habitación hasta dejarlos a solas, frente a frente.

—¿Vas a decirme dónde has estado o voy a tener que seguir haciéndote preguntas?

—No es nada misterioso —dijo con una sonrisa al tiempo que se inclinaba y metía la mano en el estanque—. Alguien avisó a Tuccia de que su abuela estaba enferma y la acompañé a su casa para poder conocer a Rufus. Ella se quedó allí cuidando de sus abuelos.

—¿Llevabas escolta? —Aro hablaba con calma.

Lydia cambió de postura con desasosiego. Estaba acostumbrada a responder a la ira de su padre, no a aquel pacífico interrogatorio. ¿Cómo podía contarle lo que había descubierto en casa de Rufus sobre el *liquamen*? ¿O lo que había ocurrido después? ¿Y si se había equivocado? Lo último que deseaba era provocar una guerra entre los dos rivales.

—Sí —respondió con firmeza—. Strabo.

—¿Y dónde está? ¿Ha vuelto contigo?

—No, desapareció —Lydia se llevó la mano a la garganta al revivir el terrible momento en el que había sentido aquellas manos sobre sus hombros—. Dijo que me esperaría abajo, pero cuando volví no estaba por ninguna parte.

—¿Y no se te ocurrió volver a casa de Rufus y esperarlo allí?

—No. La casa era demasiado pequeña y los abuelos de Tuccia estaban enfermos —hizo una pausa y lo miró con los ojos muy abiertos—. Pensabas que me había pasado algo.

—Recibimos una noticia que ahora parece no ser cierta, gracias a Mercurio.

La cabeza de Lydia no dejaba de dar vueltas a lo ocurrido. No podía saber si efectivamente Ofelio había pretendido secuestrarla o si tenía intención de hacerle daño. Quizá sólo hubiera querido llevarla a casa. De otro modo habría podido retenerla al ver a Sulpicia. No, seguramente sólo había querido darle un susto. No quería que Aro sufriera ningún daño por su culpa.

—No ha pasado nada. Me encontré con Sulpicia y ella me trajo.

—¿Y qué hacía tu cuñada en esa zona de la ciudad?

—Había ido al templo a consultar a los augures sobre el nacimiento del bebé.

Lydia esperó a que dijera algo, pero siguió en silencio mirándola como si fuera una niña traviesa. Debería alegrarse de ver que había vuelto, pero no era así. Evidentemente, algo iba a mal pero, una vez más, él no iba a compartirlo con su esposa.

—Ahora tendrás que perdonarme —dijo dirigiéndose a la puerta—. Ha sido un día muy largo y quiero descansar.

Salió de allí sin esperar una respuesta, con la cabeza bien alta, sin dignarse a mirar atrás.

—¿Qué hago con los hombres? —le preguntó Piso en cuanto volvió al atrio.

—Diles que vuelvan a sus puestos, hoy no habrá batalla —se echó a reír con orgullo—. Parece que nuestro adversario subestimó a mi esposa. Lydia ha vuelto sana y salva. Ahora no quiero molestarla, así que esperaré a más tarde para pedirle que me cuente qué ha sucedido exactamente.

—¿Crees que la retuvo él? El mensaje era muy claro.

—Creo que lo intentó, pero Lydia consiguió escapar de algún modo. Ofelio parece empeñado en reanudar las hostilidades, pero no comprendo por qué ahora. Y por qué de un modo tan provocador.

—La estafa del aceite de oliva empezó meses atrás, sólo que nunca lo había intentado con la casa Lupan hasta ahora. Es muy raro que su capitán intentara atacaros de esa manera a Lydia y a ti. No comprendo cómo se le ha ocurrido poner en peligro a la esposa del jefe de una casa de comercio. Pase lo que pase, mis hombres y yo estaremos a tu lado. No me importa lo que digan esas maldiciones, lo único que sé es que te agradezco que me hicieras venir de Ostia antes de embarcarme hacia el norte.

Aro le puso la mano en el hombro a su amigo y dijo:

—Eres un verdadero amigo. Gracias.

—Me habría gustado ver la cara de Ofelio cuando

Lydia se le escapó de las manos. Con la experiencia que tiene ese sinvergüenza en secuestrar mujeres.

Se le heló la sangre en las venas al imaginar lo que habría podido pasar.

—Afortunadamente, Lydia ha demostrado ser una dura adversaria para él.

—Apruebas lo que hizo.

—Parece que al igual que Ofelio, la has subestimado —su esposa era una mujer fuerte—. Y me temo que yo también lo he hecho. Quiero que hables con nuestro contacto en el negocio de Ofelio y averigües para quién trabaja. Ofelio jamás se atrevería a intentar secuestrar a la hija de un senador a menos que contara con la protección de otro senador igualmente poderoso.

—¿Qué piensas hacer tú? —le preguntó Piso.

—Arreglar las cosas con Lydia.

Quince

Lydia se quitó el vestido y las sandalias, ya encontraría el modo de librarse de todo aquello. No quería que nada le recordara nunca lo sucedido aquella tarde.

Mientras se untaba el cuerpo con aceite de oliva no podía dejar de pensar que lo único que había conseguido al no hacer lo que Aro le había aconsejado y al no volver a casa de Rufus para esperar a buen recaudo era demostrarle a Aro lo tonta que era. Que no era la matrona madura y sensata que pretendía ser.

Lo peor de todo era que al regresar había deseado sentir los labios de Aro, había estado dispuesta incluso a suplicar por ello, a perder la apuesta. Pero parecía que Aro lo había olvidado.

Tan absorta estaba en sus pensamientos, que no oyó el sonido de la puerta y no supo de su presencia hasta que sintió el roce de su mano tratando de quitarle el frasco de aceite.

—Vete —gritó.

—¿Y perderme esta increíble visión? —respondió él con voz tranquila y sardónica.

—Deja que me vista —le pidió antes de que se diera cuenta del modo en que su cuerpo reaccionaba con sólo verlo, de cómo se le habían endurecido los pezones.

Pero él agarró el *strigil* y volvió a acercarse.

—Estás cubierta de aceite. Deja que te frote —la miró con una sonrisa que era pura seducción—. Tuccia está con sus abuelos, así que necesitas una doncella.

—Aro, puedo imaginarte haciendo muchas cosas, pero jamás trabajando como doncella. Además, no creo haber pedido tu ayuda —tragó saliva e intentó no pensar en que sus manos la tocaran.

—No me rechaces antes de ver qué tal lo hago.

Sin esperar una respuesta, Aro comenzó a frotarle la piel, provocando un sinfín de escalofríos y de sensaciones completamente nuevas para ella.

—Ya está bien. Puedo arreglármelas sola —

trató de cubrirse con una mano mientras con la otra le quitaba el *strigil*. El aceite había vuelto transparente la combinación y ahora se le pegaba al cuerpo como una segunda piel.

—¿Igual que lo has hecho esta tarde?

Lydia lo miró con la boca abierta. ¿Quién se lo había contado?

—¿De qué estás hablando? —después de dejar el *strigil* en la repisa, se acercó a las toallas, pero no acertó a colocársela sabiendo que Aro seguía observándola sin pestañear y con una sonrisa en los labios como si supiera por qué estaba tan nerviosa. Por fin se concentró en lo que estaba haciendo y se cubrió con la toalla—. Ya te he dicho lo que pasó.

—Pero has omitido lo que ocurrió entre la visita a casa de Rufus y el momento en que te encontraste con Sulpicia —le recordó con gesto sombrío—. Tenemos que hablar, Lydia. Necesito saber qué ocurrió.

—¿Es tan importante?

—Strabo está en la enfermería con la cabeza abierta. El doctor dice que se pondrá bien —añadió con voz firme—. ¿Viste algo que pudiera ayudarnos a encontrar a la persona que lo atacó? Tengo que proteger a mis hombres.

—Me crucé con dos hombres en la escalera de la casa de Rufus y me pareció que eran hombres de

Ofelio, pero ahora no estoy tan segura. No quiero causar problemas. Podría hacerle daño a alguien.

—A Strabo ya se lo han hecho —cruzó los brazos sobre el pecho—. Sigue contándome. Quiero saberlo todo.

Finalmente, Lydia le relató brevemente el encuentro con Ofelio y sus hombres. Vio cómo su gesto se hacía más y más serio. Empezaron a temblarle las manos al pensar en lo que podría haberle pasado, pero se concentró en seguir hablando y parecer tranquila. Si la rozaba siquiera o hacía el menor gesto, Lydia sabía que acabaría en sus brazos.

—¿Y te dejó escapar?

—Supongo que no quiso hacer una escena. Sulpicia me había visto. Me dijo que mi padre está haciendo algún tipo de negocios con él —Lydia se encogió de hombros—. Ofelio tiene buena relación con mi padre, no creo que se atreviera a atacarme. Mi padre sigue teniendo amigos poderosos a pesar de la enfermedad. Es evidente que Ofelio sólo hacía lo que creía que era su deber. Por supuesto que me asusté, pero ahora me doy cuenta de que me dejé llevar por mi imaginación.

—Me mandó una tablilla solicitándome que me reuniera con él. Quería hablarme de algo de valor que me pertenecía. Estaba seguro de que se trataba de ti.

Sintió un escalofrío al oír que la consideraba de valor... aunque seguramente para él su único valor residía en la influencia de su padre.

—Por eso estaban aquí todos esos hombres.

—No suelo pasar por alto un insulto como ése —dijo Aro poniéndose las manos en las caderas como el capitán de barco que era—. No permito que nadie ataque a mi esposa y quede impune.

—No hubo tal ataque. Estoy bien y, como te he dicho, seguramente fuera sólo un malentendido.

—Si prefieres pensar eso... —se quedó mirándola en silencio, con actitud inflexible.

Lydia asintió. No era tan ingenua como para pensar que habría puesto en peligro a sus hombres por ella. Habría sido para defender el honor de la casa Lupan.

—Si ya tienes toda la información que buscabas, puedes marcharte —dijo señalando la puerta.

—¿Crees que estaba bromeando cuando me he ofrecido a ser tu doncella? —dio un paso hacia ella.

—Tú y yo tenemos un acuerdo —se apresuró a decir al tiempo que trataba de controlar el calor que había invadido su cuerpo—. Se supone que no me besarás hasta que yo no te lo suplique.

—Ya me lo has pedido dos veces —le recordó Aro con un misterioso brillo en los ojos—. Pero nunca dije nada de tocarte.

Sumergió los dedos en el aceite y, tras quitarle la toalla, empezó a dibujar círculos en su nuca, pequeños círculos de calor. Lydia sabía que si daba un paso atrás, se encontraría con el muro de su fuerte pecho. Aro continuó hablando en un tono distendido, como si se encontraran en el atrio en lugar de en la intimidad del baño.

—Deberías recordar la naturaleza de la apuesta. Yo hablé de labios, no de manos.

Lydia tragó saliva. Lo deseaba con todas sus fuerzas, pero no podía decírselo porque eso significaría que había perdido. Después de lo sucedido con Ofelio, ya no estaba segura de lo que quería. Había vuelto a toda prisa buscando la protección de Aro y se preguntaba si eso la convertía en una hipócrita. Quizá lo quisiera todo.

—Un caballero jamás habría entrado aquí sin llamar —dijo tajantemente.

Una sonrisa irónica se dibujó en sus labios.

—Nunca dije que fuera un caballero, pero soy tu esposo.

—Eso no lo olvido —bajó la mirada al anillo que adornaba su mano y pensó en lo extraño que resultaba que aquel objeto hubiese pasado a formar parte de ella tan deprisa.

Entonces Aro separó las manos de su cuerpo y la miró.

—Me marcharé si eso es lo que realmente deseas.

Lydia lo miró y supo que si le pedía que se fuera, lo lamentaría durante el resto de su vida. Ya pensaría en las consecuencias de lo que estaba a punto de hacer, ahora sólo quería sentir sus caricias, quería sentir lo que había sentido al hacer el amor con él, antes de que él lo estropeara todo. Pero esa vez, si hacían el amor, sabría que lo había hecho porque lo deseaba tanto como ella y no por obligación.

—Quédate —susurró por fin.

—Como desees.

—No te estoy suplicando —añadió ella rápidamente—. Sólo te lo estoy pidiendo.

—Lo sé. Si en esta habitación hay algún pensamiento impuro, no son los míos.

—Puedes ayudarme con el *strigil*, eso es todo —iba a demostrarle que era inmune a él, que podía aguantar un día más.

—No vas a perder, esposa mía, ambos ganamos con la rendición.

—¿De qué clase de rendición estamos hablando?

—Incondicional.

Lydia pensó en lo que eso significaría y sintió que le ardía la piel, el cuerpo entero. Había empezado a pasarle el aceite por la base del cuello y su mano comenzaba a bajar hasta el borde de la combinación. Bajo ella, los pezones eran dos picos endurecidos por el poder de las sensaciones. Necesitaba tocarlo, sentir su boca. Y necesitaba pensar que no era una rendición.

—Por favor —susurró.

Su mirada se clavó en ella y Lydia tuvo la sensación que podía alcanzar a verle el alma. ¿Vería también cuánto lo deseaba?

Sacó la lengua y se humedeció los labios. Estaba tan cerca de él, que sólo tenía que inclinar la cabeza un poco para rozar su boca. ¿Se atrevería a hacerlo?

No fue necesario que buscara la respuesta. Fue él el que le puso la mano en el cuello y la acercó hasta hacer desaparecer la ínfima distancia que los separaba. Sus bocas se encontraron y también sus lenguas.

Aro la rodeó entre sus brazos y la apretó contra sí. Podía sentir su excitación. Él también la deseaba, la deseaba tanto como ella a él.

—Vas a tener que desnudarte —le dijo sin apartar la boca de la de ella.

—¿Por qué? —podía ver el ansia en su mirada.

—Para poder seguir limpiándote. Sería una lástima dejar la labor a medias.

—Muy bien. Pero, si yo me desnudo, tendrás que hacerlo tú también.

Aro la miró sólo un instante y se echó a reír.

—Si es eso lo que ordenas, soy tu fiel servidor.

Un momento después estaba frente a ella, completamente desnudo. Lydia no pudo resistir la tentación de tocar aquel cuerpo perfecto como las esculturas de los dioses. Le acarició los pezones y se deleitó en su reacción.

—Te sobra mucha ropa —le dijo y, acto seguido, la despojó de la fina tela que cubría su cuerpo.

Entonces fue él el que le acarició los pezones hasta hacer que perdiera el equilibrio y tuviera que agarrarse a él. Aro sonrió y bajó la cara hasta poder acariciar con la lengua lo que acababan de tocar sus dedos. De sus labios escapó un gemido de placer.

Aro volvió a meter los dedos en el aceite para después ponerle unas gotas en el pecho. El líquido cayó poco a poco por su vientre y entonces él se lo extendió suavemente por todo el cuerpo, evitando el triángulo oscuro entre sus piernas. Después volvió a frotarla con el *strigil* hasta eliminar todo el aceite. El deseo creció más y más en su interior.

—Ahora te toca a ti —susurró Lydia quitándole el aceite.

Ahora fue ella la que recorrió su cuerpo del

mismo modo que él lo había hecho. El aceite convertía su piel en oro puro. Lo frotó con el *strigil*, sintiendo el poder de sus músculos.

—Creo que he terminado —declaró con una voz empapada en deseo que apenas reconocía.

—Aún no lo has hecho todo.

Lydia bajó la cabeza y vio la prueba innegable de su excitación. Su mano lo tocó, duro pero suave como la seda. Él puso la mano sobre la suya y la mantuvo allí unos segundos. Después, muy despacio, la hizo tumbarse en el suelo.

Su lengua fue recorriéndola hasta llegar al oscuro vello rizado de su pubis. Lydia no pudo reprimir un gemido en el momento en que sintió cómo la lengua de Aro penetraba en la parte más íntima de su cuerpo.

—¿Quieres que siga? —le preguntó.

Su única respuesta fue un gemido gutural y primitivo.

—Supongo que eso es un sí.

Su lengua volvió a ella y la atormentó y embriagó hasta que todo estalló a su alrededor.

Lo agarró del pelo, hundiéndole el rostro contra ella.

—Por favor —suplicó—. Por favor, te deseo. Quiero tenerte dentro... ahora.

Aro levantó la cara y una masculina sonrisa

rozó sus labios. Ella abrió los muslos para dejarle paso adonde acababa de estar su lengua. Su cuerpo se abrió a él para luego envolverlo y moverse con él, cada vez más rápido hasta alcanzar esa maravillosa liberación.

Después de la tormenta, Lydia se quedó tumbada con la cabeza apoyada en su pecho, escuchando los latidos de su corazón.

—Menos de siete días, ninfa mía —susurró él con voz grave—. Quizá la próxima vez te fíes de mi palabra.

Lydia frunció el pecho y trató de levantarse, pero sus brazos se lo impidieron estrechándola con fuerza.

—Esta vez no. No voy a dejar que salgas corriendo, hecha una furia. Quiero que admitas que has perdido la apuesta. Seguirás siendo mi esposa tal y como nos casamos —hundió la cara en su pelo—. Yo por mi parte prometo cuidarte y protegerte.

—No has jugado limpio —farfulló Lydia aun sabiendo que no era verdad.

Ahora que estaba en sus brazos, dejaba de parecerle importante quién tuviera su custodia. Sabía que deseaba a Aro con todas sus fuerzas y que ya no era la misma mujer que había sido. No quería volver a cuidar de su padre y de Sulpicia. Quería vivir su propia vida.

—Yo sólo me ofrecí a ayudarte, a ser tu doncella.

—Pero sabías lo que pasaría —dijo sentándose frente a él.

—Más que saberlo, lo esperaba —respondió con los ojos clavados en los de ella.

—¿Y qué esperabas ganar con esa demostración?

—Qué siempre cumplo las promesas que hago, por extrañas que parezcan.

—Hay otras maneras de demostrarlo.

—Pero ninguna tan placentera —aseguró acompañando sus palabras de un beso en la frente.

—En eso estoy de acuerdo.

Lydia se levantó para vestirse, pues en el suelo se estaba quedando fría. Después de ponerse la toga, Aro la ayudó con su vestido.

—¿Ves como me necesitas en ausencia de Tuccia? —bromeó Aro.

Al oír el nombre de su doncella Lydia recordó el ánfora con el sello de Publio que había visto en casa de Rufus.

—¿Quién te vendió ese *liquamen*? —preguntó después de que Aro le hubiese confirmado que lo había comprado en el foro.

—Un comerciante, no recuerdo, pero el comprobante de compra estará en mi despacho. ¿Por qué es tan importante? —añadió sin comprender.

—Porque llevaba el sello de mi hermano. Ofelio le prometió a Sulpicia que Publio había recibido el cargamento en Corinto.

—Comprobaré la fecha, pero desde luego sé que fue hace más de un mes.

—No comprendo qué está pasando. ¿Por qué mintió Ofelio a Sulpicia?

—No tengo respuesta para esa pregunta —admitió Aro con un beso—. Pero puedo hacer algunas averiguaciones. Lo que está claro es que Ofelio está metido en un juego muy peligroso.

—¿Debería decírselo a Sulpicia? Me ha dicho que mi padre está haciendo negocios con Ofelio. Quizá si tú hablaras con ella...

—Sólo conseguiría preocuparla más. Confía en mí. Deja que investigue un poco y, mientras, quédate tranquila sabiendo que Publio tiene su dinero.

Aro la miró fijamente y Lydia supo que confiaba en él. Después de aquel día, no quería ni pensar en tener que volver a enfrentarse a Ofelio.

—¿Qué prefieres... una comida caliente o una cama? —le preguntó entonces Aro.

—Las dos cosas.

—Creo que podré arreglarlo.

Dieciséis

Aro miró al cielo nocturno de la ciudad. Estaba a punto de cumplir la promesa que le había hecho a su padre y ahora aquello. Necesitaba saber quién era el responsable de que Ofelio hubiese intentado secuestrar a Lydia y, lo más extraño, por qué la había dejado marchar. Lydia había sido muy lista, pero Aro tenía la sospecha de que, si Ofelio realmente hubiese querido retenerla, lo habría conseguido.

También le preocupaba que aquel incidente hubiese revelado su punto débil. Llegar al senado no significaría nada si Lydia no estaba a su lado. Sonrió con tristeza. Sólo esperaba no tener que elegir nunca entre la lealtad a su padre y sus sentimientos por su esposa.

Un movimiento entre las sombras lo sacó de sus pensamientos y lo puso en guardia hasta que se dio cuenta de que se trataba de Piso.

—¿Qué te ha contado nuestro amigo? —le preguntó Aro después de asegurarle que Lydia estaba bien.

—Según me ha contado Flora nuestro amigo se cayó de un barco hace dos días. Un final trágico para un indeseable. Estoy convencido de que llevaba un doble juego.

—¿Qué más sabe Flora? ¿Te ha dicho para quién trabaja Ofelio?

—Esto no te va a gustar…trabaja para Veratio Cornelio.

—¿El padre de Lydia? —Aro no se esforzó en ocultar su sorpresa.

—El mismo. Uno de los hombres de Ofelio es muy cariñoso con las chicas de Flora y parece ser que esta misma noche se quejaba de que el plan se había estropeado porque al viejo le entró miedo y apareció donde no debía.

Aro sintió como si le hubieran dado un puñetazo en la boca del estómago. Parecía que Rufus había estado en lo cierto desde el principio; no debían confiar en los Veratio. ¿Cómo iba a explicárselo a Lydia?

—¿Estás seguro? Es muy importante que estés seguro. Las confesiones de un borracho a su prostituta no sirven de prueba ante un tribunal.

—Flora nunca me ha dicho algo que no fuera cierto. ¿Qué quieres que haga? ¿Quieres que reúna a algunos hombres y vayamos a ajustarle las cuentas a Veratio Cornelio?

A Aro se le heló la sangre en las venas al pensar en lo que significaba lo que Piso acababa de contarle. ¿Veratio Cornelio estaba dispuesto a sacrificar a su propia hija para vengarse? Tenía que haber un error porque, si era cierto, ese hombre no merecía una hija como Lydia.

—¿Cómo puede alguien querer hacer algo así a su hija? ¿Es que no se da cuenta de lo que es capaz Ofelio? —Aro clavó la mirada en el vacío, intentando encontrar el sentido a todo aquello.

—Quizá fue por eso por lo que se asustó.

—No fue Veratio el que envió esa litera, la que iba dentro era Sulpicia, de vuelta del templo.

—Entonces no lo entiendo.

—Antes de decírselo a Lydia, necesito estar completamente seguro.

—¿Aro? —era la voz de Lydia—. ¿Con quién hablas?

—Con Piso. Salió a ver qué tal te encontrabas.

Lydia salió a la luz de la luna. Se había echado

un manto sobre los hombros y estaba encantadora. Su esposa, la mujer que había jurado proteger, estaba en peligro por culpa de su propio padre.

Piso se despidió enseguida y los dejó solos, pero Lydia sospechaba de aquella conversación a horas tan intempestivas.

—Dime la verdad, Fabio Aro —le pidió poniendo la mano sobre la suya—. ¿Lo que hablabais tiene algo que ver con el susto de esta tarde? Estoy segura de que tiene que haber una explicación muy sencilla.

Aro observó su rostro y supo que no podía mentirle, pero tampoco podía decirle la verdad. La estrechó en sus brazos y apoyó la mejilla en su cabeza.

—Tiene que ver con lo sucedido esta tarde, sí. Estoy tratando de descubrir la razón de lo ocurrido y de todos los demás ataques. El negocio de Ofelio y la casa Lupan siempre han sido rivales, pero nunca enemigos enconados. No es bueno para los negocios.

Lydia levantó la cara para mirarlo. No podía darle falsas esperanzas; tenía que ver las cosas tal como eran.

—Estás hablando de una tercera persona. Crees que hay alguien más implicado.

Aquél era un momento decisivo. Podía decirle

lo que le había contado Piso y destruir cualquier posibilidad de futuro con ella, o podía esperar. Por primera vez en su vida, Aro dudó sobre qué hacer, pues era consciente de todo lo que se arriesgaba a perder.

—No tengo ninguna prueba, pero la conseguiré y pondré fin a estos ataques, Lydia. Debes confiar en mí.

—Confío en ti, Aro —dijo acariciándole la mejilla—. Es tarde y pronto irán a levantarte de la cama. Ven a estar un rato conmigo.

—Debes perdonarme por no explicártelo antes. Tenía intención de hacerlo cuando te encontré en el baño.

—Me parece que tenías otras cosas en la cabeza —susurró riéndose.

—Ojalá siempre tenga ese tipo de distracciones, mi ninfa —le dio un beso en la frente y, en silencio, pidió a los dioses que le dieran más tiempo.

Unos días más tarde, Lydia decidió salir a almorzar al jardín mientras esperaba el regreso de Aro. Por fin había llegado el momento de que el censor confirmara su posición en el senado, una ceremonia a la cual no se permitía asistir a las mujeres. Lydia había invitado a su padre a que fuera a cenar tras la ceremonia, pero Veratio Cornelio había declinado la invitación poniendo su salud como excusa.

Lydia estaba decepcionada, pero Aro le había dicho que no se preocupara, que así la celebración sería más íntima.

Él se había marchado un poco antes de lo necesario porque durante la noche había habido algún problema en el almacén.

Un estruendo de pasos y voces precedió la llegada de Gallus, el sirviente de su padre, seguido del de Aro, que parecía furioso.

—Lo siento, señora, pero no ha habido manera de que este rufián esperara en la puerta. Insiste en hablar con usted.

—Está bien, Clodio, conozco a este hombre.

—Lydia Veratia, tiene que venir enseguida. Su padre solicita su presencia —anunció Gallus.

—¿Qué ocurre, Gallus? ¿Para qué me necesita mi padre?

—Es la señora Sulpicia. Parece que está de parto. Veratio Cornelio le pide que vaya enseguida.

Lydia frunció el ceño. El bebé de Sulpicia no debía nacer hasta las siguientes calendas.

—¿Han llamado a la comadrona?

—Estaba de camino. Pero la señora Sulpicia pregunta por usted.

—Entonces iré. Le prometí que estaría a su lado —Lydia se puso en pie y pensó cómo organizarlo todo. Tenía muchas cosas que hacer y no sabía cuánto tiempo tendría que estar allí cuidando a Sulpicia. Al menos volvía a contar con la ayuda de Tuccia, que había regresado hacia unos días.

—Señora, Fabio Aro insistió en que estuviera usted aquí a su regreso. El cocinero ha preparado una cena especial y los músicos estarán a punto de llegar.

—Lo entenderá. Se trata de una emergencia —se volvió a mirar a Gallus—. Es una emergencia, ¿verdad?

Gallus bajó la mirada con el rostro sonrojado.

—Eso me dio a entender Veratio Cornelio.

—No hay hombres de sobra. Tendrá que esperar a que alguno vuelva del almacén. No puedo permitir que salga sin protección. Fabio Aro dio órdenes explícitas al respecto.

—¿Cuándo hizo eso?

—Esta mañana antes de marcharse. Dijo que usted no debía salir sola de casa en el día de hoy.

—No estaré sola. Gallus está aquí.

Clodio miró al otro sirviente con una expresión que daba a entender que no le merecía demasiada confianza.

—A Fabio Aro no le gustará.

—Si supiera lo que ocurre, estaría de acuerdo conmigo.

Pero Clodio no parecía impresionado con su firmeza y Lydia no quería arriesgarse a que hubiera más malentendidos entre ellos.

—Está bien, yo misma le informaré —decidió de pronto—. Llévame con mi marido y yo misma se lo diré.

El almacén estaba en completo silencio, nada que ver con el ajetreo de la otra vez. Había algún que otro obrero, pero era como si el edificio entero estuviera conteniendo la respiración.

Según le explicó Clodio, la gente había empezado a temer las continuas maldiciones y se decía incluso que los dioses le habían dado la espalda al Lobo de mar. Lydia no pudo evitar pensar que esas maldiciones habían empezado a aparecer justo cuando ella se había casado con Aro. ¿Quién sería su enemigo?

—Dicen también que podría perder la elección para senador —añadió Clodio en un susurro.

Lydia sintió un escalofrío. Aquel puesto en el senado lo era todo para Aro. Se había casado con ella para asegurarse los votos necesarios para conseguirlo.

—Eso es una tontería. Estoy segura de que Fabio Aro estaría de acuerdo conmigo.

—¿En qué? —dijo la voz de Aro.

Su esposo apareció con un aspecto que en nada se parecía a su imagen impoluta de siempre; tenía la frente empapada en sudor y la túnica manchada como si hubiera estado levantando piedras o ánforas.

—Es Sulpicia —empezó a explicarle Lydia nada más verlo—. Gallus dice que el bebé está en camino y ha pedido que vaya. Cuando me casé le prometí que volvería cuando fuese a nacer el niño. Es lo menos que puedo hacer, Aro.

Aro le acarició la mejilla y le dio un beso en la frente.

—Pensé que todavía quedaba tiempo para que naciera el bebé.

—A veces se adelantan. Deja que vaya, por favor.

—No puedo, Lydia —dijo apartando la mirada de ella—. Temo que sea una trampa.

—¿Una trampa? ¿De qué estás hablando? —Lydia sintió un frío repentino.

—Corre el rumor de que tu padre está asociado con Ofelio y que ambos intentan desacreditarme. Me temo que podrías estar en peligro.

—¿Mi padre? ¿Qué tontería es ésa?

—Ofelio se comportó de un modo muy extraño el día que intentó secuestrarte.

—Me escapé —intentó no pensar en que era cierto que ni siquiera había intentado impedirle que huyera—. Mi padre jamás intentaría hacerme daño. Soy su hija.

—Estoy seguro de que no tenía la menor intención de hacerte ningún daño —le puso la mano en el brazo en un gesto que la llenó de calor.

—¿Por qué iba a hacerlo entonces? Me niego a creerlo. Quien te haya dicho eso sólo pretende perjudicar a mi padre.

—Aún no sé los motivos, pero hasta que los sepa debo pedirte que no vayas a su casa. Tienes que creerme, Lydia. No tengo ningún interés en manchar el buen nombre de tu padre.

—Pero crees que es cierto.

—Sí.

El miedo se apoderó de ella. Tenía que haber una explicación. Aro insistía una y otra vez en que no estaba acusándolo a la ligera, que tenía pruebas consistentes, pero Lydia sencillamente no podía creerlo. Tenía la seguridad de que en casa de su padre estaría a salvo, por eso le pidió a Aro que la acompañara si tan convencido estaba de que era peligroso.

—¿Por qué no esperas tú hasta que yo tenga

tiempo para ir? Anoche alguien cortó las cuerdas que sujetaban las ánforas. Podría haber habido una tragedia y ahora tengo que asegurarme de que todo está bien. Después tengo que ir a la ceremonia con el censor.

—¡Y yo tengo que cumplir la promesa que le hice a mi cuñada!

—No tienes por qué gritar —respondió con evidente irritación—. Te acompañaré en cuanto haya solucionado las cosas aquí, así podré esperarte.

—¿Por qué? ¿Es que no confías en que vaya a volver? —no podía creer que, a pesar de todo lo que habían vivido, siguiera sin fiarse de ella.

—Yo no he dicho eso —dijo con una sonrisa que no hizo más que enfurecerla aún más—. Cálmate. No estás en estado de ir a ayudar a Sulpicia. Además, ¿qué sabes tú de partos? Deja que se encargue la comadrona.

—Se lo prometí. ¿Es que no lo entiendes?

Aro ablandó el gesto y Lydia pensó que por fin lo había comprendido y dejaría que fuera.

—¿No entiendes tú que para mí lo más importante es que no te pase nada? —le dijo dulcemente—. Sólo te pido que esperes un poco.

—Tengo que ir ahora —insistió Lydia, segura de que Aro pondría una excusa tras otra para no dejarla marchar—. Y voy a ir con o sin tu permiso.

—Te lo prohíbo. Eres mi mujer y vas a hacer lo que yo diga.

—De eso nada.

Estaba iracunda. ¿Se lo prohibía? Había creído que entre ellos las cosas eran diferentes, pero ahora se daba cuenta de que no podría soportar una relación así. Con un movimiento de furia Lydia se quitó el anillo y lo tiró al suelo, a los pies de Aro.

—Me temo que no puedo ser la esposa que deseas. Pensé que podría, pero no puedo.

Se dio media vuelta y comenzó a caminar hacia la puerta con el corazón roto. Sabía que si se volvía a mirarlo y veía el menor arrepentimiento, la más ínfima señal de comprensión en sus ojos, correría a sus brazos, así que continuó andando sin mirar atrás.

Aro vio el anillo en el suelo y dio un par de pasos hacia Lydia, pero entonces se detuvo. Fabio Aro no iba detrás de las mujeres. Así pues, se agachó y tomó el anillo.

—¿Quieres que vaya tras ella? —preguntó Clodio.

Aro cerró los ojos y negó con la cabeza.

Al principio Lydia estuvo demasiado furiosa como para pensar, pero entonces había empezado a preocuparse de que fuera tras ella y después de que no fuera. No lo hizo, ni siquiera envió a uno de sus hombres.

Su matrimonio no era lo bastante importante para él. Nunca le había dicho que la amara, sólo que la protegería, igual que habría hecho por cualquiera de sus hombres. Pero lo más irónico era que ella sí lo amaba y si hubiera ido tras ella, Lydia habría olvidado todos sus principios. Pero no lo había hecho. A Aro sólo le importaba su negocio y las apariencias.

La casa de su padre estaba inusualmente tranquila. Lydia fue directamente a la habitación de Sulpicia con la intención de hablar con su padre más tarde para aclarar todos aquellos malentendidos.

Encontró a su cuñada en su habitación, junto a Beroe, la doncella.

—Sulpicia, he venido tan pronto como he podido. Dime que no llego tarde.

—¿Lydia? ¿Qué haces aquí?

—Enviaste a Gallus para que me hiciera venir.

—No, yo no —Sulpicia se echó a reír con gesto de incomprensión—. No he visto a Gallus en toda la mañana.

La habitación empezó a dar vueltas a su alrededor. Alguien le había mentido para sacarla de casa de Aro.

—¿Qué te ocurre, querida? Te has quedado muy pálida.

—Estoy bien —dijo Lydia entre dientes—. Pero, ¿por qué alguien ha querido que viniera aquí con tanta urgencia? Gallus me dijo que estabas de parto.

—Parezco una ballena y me duelen los pies, pero sabes muy bien que el bebé no llegará hasta las próximas calendas. Yo no tenía necesidad de hacerte venir.

De pronto se dio cuenta de que su cuñada se había sonrojado.

—Tú sabes quién me ha hecho venir —dijo en voz baja.

Los ojos de Sulpicia se llenaron de lágrimas.

—Fue Cornelio. Me pidió que escribiera la nota, pero me negué a hacerlo. Esperaba que no vinieras, pensé que te darías cuenta de que yo te habría enviado una nota escrita por mí misma. No confío en la memoria de Gallus.

—Claro que he venido. Te hice una promesa.

—Cornelio dijo que vendrías. Discutimos por eso y es uno de los motivos por los que estoy en mi habitación. Está imposible desde que empezó esa repentina amistad con Ofelio.

Lydia resistió la necesidad que sentía de gritar. Su padre la conocía bien y la había utilizado precisamente porque conocía su sentido del deber. En su empeño por cumplir la promesa que había hecho, había desoído las palabras de Aro. En lugar de demostrarle lo buena persona que era, había mostrado desprecio por su afán de protegerla. Y por su amor.

Ahora sólo deseaba tener la oportunidad de disculparse con él y empezar de nuevo. Entre ellos había algo y quizá aún pudieran salvarlo. En adelante, lo escucharía con el corazón.

—Lydia, ¿adónde vas?

—Tengo que volver. Tengo que encontrar a Aro y pedirle perdón.

—No puedes irte —le dijo Sulpicia agarrándola del brazo con desesperación—. Díselo, Beroe, dile que tiene que quedarse aquí. Cornelio sólo hace caso a Ofelio. Te hizo venir y ahora tiene rodeada la casa para asegurarse de que no sales. Quiere destrozar a Aro. Dijo que cuando hubiera acabado con él, ya no habría más Lobo de mar.

Diecisiete

Con los dientes apretados, Aro puso el anillo de Lydia en la cadena que llevaba siempre en el cuello y volvió a colocársela. El anillo de su padre lo metió en la caja fuerte que tenía en el despacho. Después sacó la toga con la banda púrpura y la dejó encima de la caja. Ser senador no era nada comparado con ser el esposo de Lydia. La promesa que le había hecho a su padre no era tan importante como la que le había hecho a ella el día de la boda. Puede que hubiese tirado el anillo, pero no iba a permitir que tirara también su matrimonio.

—Debes de ser el predilecto de los dioses —dijo la voz de Piso a su espalda.

—¿De qué hablas, Piso?

—El nieto de Rufus ha aparecido con la prueba que buscábamos. Veratio y Ofelio están trabajando juntos. El muchacho se ha hecho amigo de otro que trabaja para Ofelio y parece ser que hoy le ha dicho que no podía verlo porque tenía una misión importante que duraría varios días.

—¿Una misión importante? Piso, a veces me parece que pasas demasiado tiempo en la taberna.

—Antes escucha hasta el final. Ofelio tiene a todos sus hombres rodeando la casa de Veratio y les han dicho que se preparen bien. Les han dado una insignia en la que se ve el mismo símbolo que había en el cuchillo que me enseñaste el otro día.

—¿Cuándo ha sido eso? —preguntó Aro con impaciencia.

—Esta mañana. Según ha contado el chico, tenían que esconderse entre las sombras hasta que llegara una persona y después esperar fuera por si hubiera algún problema —Piso percibió la preocupación de su amigo—. ¿Qué ocurre?

—Lydia se marchó esta mañana. Su padre pidió su presencia en la casa diciéndole que Sulpicia estaba de parto —Aro abrió la caja fuerte y sacó una daga que se colocó en la sandalia.

—¿Y tú dejaste que se fuera?

—No tuve otra opción. Parece que Veratio conoce muy bien a su hija. Desconfié desde el primer momento; debería haber ido con ella en lugar de enfadarme con ella por haber herido mi orgullo. Supongo... espero que su padre no deje que le pase nada.

—Es una trampa, Aro, no puedes ir allí. Ofelio lo utilizará como excusa. Lydia encontrará el modo de volver a ti...

—¡Reúne a todos los hombres!

—¿Qué vas a hacer?

—Vamos a darle a Lydia la oportunidad de ser libre y vamos a acabar de una vez por todas con esta disputa entre las dos casas de comercio —le dio una palmada en la espalda a su amigo—. ¿A qué esperas? Vamos a la guerra.

Lydia encontró a su padre en su estudio, charlando animadamente con Ofelio. Lo primero en que se fijó fue en que su daga no estaba en el sitio de siempre. Sintió un escalofrío.

—Padre, ¿por qué no estás en el Campus Martius dando tu apoyo a Aro? ¿Y por qué estás con este hombre? Intentó secuestrarme hace unos días y, antes de eso, uno de sus hombres me atacó con un cuchillo.

—¿De qué está hablando, Ofelio? —su padre parecía sorprendido—. Cuando te di el cuchillo te dije que mi hija no debía sufrir el menor daño.

A Lydia se le revolvió el estómago al encontrarse frente a frente con la terrible realidad. Su padre lo había sabido desde el principio. Aro tenía razón. Miró a su alrededor; resultaba irónico que siempre hubiese creído que aquél fuera el lugar donde siempre se había sentido segura.

Ya no era así.

—Fue un malentendido —aseguró Ofelio—. Encontré a tu hija sola en la calle e intenté traerla a casa, contigo.

—Ésta no es mi casa —replicó Lydia con desesperación—. Mi casa está en el monte Aventino con Fabio Aro, mi marido.

—Puede que no lo sea por mucho tiempo —anunció su padre con voz solemne.

Miró a su padre sin comprender a qué se refería y qué pretendía.

—¿Fuiste tú el que envió las maldiciones? —le preguntó con horror, pues ya conocía la respuesta—. ¿Por qué querías destrozar a mi marido? No tiene sentido.

—Las maldiciones pararan cuando renuncie a ti como esposa —respondió su padre con aparente calma—. Cuando se dé cuenta de que los augures se equivocaron con respecto a vuestro matrimonio, te dejará libre. Ofelio me ha ayudado a poner en marcha mi plan. Dejaré que tenga su lugar en el senado, si renuncia a mi hija.

—Es hora de que el Lobo de mar aprenda un poco de humildad —intervino Ofelio.

—¿Y qué quieres de mí? —preguntó Lydia sin poder dar crédito a lo que estaba oyendo, al hecho de que la persona que le había dado la vida estuviera detrás de los ataques

—Quiero que dejes a tu marido y vuelvas aquí. Tú sí sabes cómo llevar esta casa, no como Sulpicia. Además, sé que eso es lo que deseas. Tú no querías casarte con Fabio Aro.

Lydia apartó la mano que su padre le había puesto en el brazo.

—¡No tienes la menor idea de lo que yo quiero! Sólo me quieres aquí por egoísmo, por cosas que no tienen nada que ver con mi felicidad.

—Contrólate, Lydia. Acabarás dándome las gracias.

—Jamás.

—Soy un hombre razonable. Puedes quedarte aquí, si no retiraré mi apoyo a Aro y nadie votará a un hombre al que han abandonado los dioses.

—No tienes derecho...

—Y él no tenía derecho a quitarme a mi hija.

Lydia cerró los ojos. Tenía que escapar de allí. Comenzó a caminar hacia la puerta.

—No te he dado permiso para marcharte. ¿Dónde vas?

—Al lugar donde debo estar —dijo con la cabeza bien alta para que ninguno de los supiera lo asustada que estaba.

—Piénsatelo bien, Lydia —le dijo Ofelio—. No tienes que contestar a tu padre ahora. Pregúntate qué vas a ganar desafiándolo.

—Hija, piensa qué hará Aro cuando sepa que si no consigue un lugar en el senado, será por tu culpa. ¿Crees que seguirá queriendo que seas su esposa? Lo perderás todo y entonces mi puerta ya no estará abierta para ti.

Lydia miró a su padre como si fuera la primera vez que lo veía. Su padre había cambiado. Llevaba mucho tiempo excusando su comportamiento, pero lo cierto era que desde la enfermedad se había convertido en otra persona.

—Tú me inculcaste la idea de que uno siempre debe cumplir sus promesas. ¿Te gustaría que rompiera los votos que hice a Fabio Aro, padre?

—Es culpa suya. No me dejó opción cuando insistió en casarse contigo *cum manu*. No era eso lo que yo quería, por eso le pedí ayuda a Ofelio.

—Es una lástima que no se te ocurriera preguntarme qué quería yo.

—Soy tu padre. Sé lo que es mejor para ti.

—Estás muy equivocado. Además, Aro no te necesita para convertirse en senador, ni a ti ni a nadie —dijo mirándolos a ambos con los ojos encendidos—. Será el pueblo el que decida.

—Tú eliges, Lydia —le dijo su padre—. Deberías estar agradecida de que te dé esa opción.

Lydia negó con la cabeza. Aquél no era su padre, no podía ser. Había estado completamente ciega. En cierto modo sería fácil, Aro no desearía volver a verla después de que hubiera desoído sus advertencias y le hubiera tirado el anillo.

—Padre… —extendió las manos en un último intento por encontrar al padre tierno y generoso de antes.

—Creo que mi esposa preferirá que yo mismo decida mi futuro.

Lydia se dio la vuelta. El corazón estuvo a punto de salírsele por la boca. ¡Aro!

Dio un paso hacia él, que la estrechó en sus brazos con fuerza. Lydia le tocó la cara para asegurarse de que era real.

—Has venido por mí.

—¿Pensabas que iba a dejarte marchar así de fácil? —le susurró al oído.

—¿Cómo has entrado, Fabio Aro? —preguntó su padre—. La casa está protegida.

—Un consejo para el futuro, Veratio Cornelio, cuando intentes proteger una casa asegúrate de que los hombres la rodean por completo. Pude escalar el muro de atrás y entrar por una ventana. Sulpicia me informó de dónde podría encontrar a mi esposa. Ahora, si me disculpan, señores, creo que es momento de llevarme a mi mujer a casa. Ha sido un día muy largo.

Ofelio se interpuso en su camino.

—Solucionemos esto frente a frente. Ya has insultado bastante a esta familia.

Aro soltó la mano de Lydia y se volvió a mirar a Ofelio.

—Será un placer, pero no es a esta familia a quien he insultado sino a ti. Deja que mi mujer y yo pasemos, Ofelio. Solucionaremos esto en otro momento... frente a un tribunal.

—Demasiadas palabras para un hombre que está a punto de morir.

Diciendo eso, Ofelio lo empujó hacia atrás y sacó una daga.

Aro miró a ambos lados para prepararse. No había buscado la confrontación, pero tampoco iba a rechazarla. Ofelio tenía que entender que Lydia era su mujer y que nadie podría quitársela.

Ofelio se abalanzó sobre él, pero Aro lo esquivó para después agarrarlo del brazo y hacerle soltar la daga. El pirata no tardó en liberarse y en volver a atacar enseguida. Esa vez lo agarró por la cintura, pero Aro consiguió darle un rodillazo en el pecho y hacerle caer al suelo.

—Padre, tienes que hacer algo, podría matar a Aro —oyó decir a Lydia al fondo de la habitación.

—Eso resolvería todos nuestros problemas, hija.

—No resolvería nada. Tú no lo conoces como yo, padre. Aro es el hombre más noble que he conocido en mi vida. El mundo se convertiría en un lugar mucho más gris si él muriera.

Aquellas palabras infundieron energía a Aro para continuar luchando. Ofelio se preparaba para atacar de nuevo.

—¡Cuidado, tiene otra daga!

—Ya veo —dijo Aro sacándose la suya del cinturón.

De pronto Ofelio se lanzó sobre él daga en mano y Aro cayó al suelo.

Lydia oyó un grito que hizo retumbar las paredes y se dio cuenta de que había sido ella.

—Suéltame —le pidió a su padre, que la retenía—. ¿No ves que está herido?

—Parece que el Lobo de mar no es inmortal —dijo Ofelio dándole una patada.

Aro lo agarró de la pierna y lo tiró al suelo. Al caer, se golpeó la cabeza con la mesa.

—Siempre has estado demasiado seguro de ti mismo, Ofelio —le dijo Aro poniéndose en pie.

Lydia se liberó de su padre, agarró el jarrón griego de su padre y se lo tiró a Ofelio a la cabeza. Aro dio un silbido que hizo aparecer a Piso con otros dos hombres.

—¿Has llamado, Lobo de mar?

—Ofelio necesita atención.

Piso esbozó una sonrisa de satisfacción.

—Será un placer.

—¿Todo en orden ahí afuera?

—Ningún problema. No sé dónde aprendieron a luchar esos que se creen marineros. Qué lástima. Su fiel servidor, Lydia Fabia —le dijo con una reverencia.

—¿Te das cuenta de lo caro que era ese jarrón, hija? —le preguntó su padre con enfado.

—¿Y tú te das cuenta de lo valioso que es mi marido para mí, padre? —replicó ella con las manos en las caderas.

Miró a su padre y tuvo la sensación de que había encogido.

—Ahora me denunciarás al censor —dijo Veratio Cornelio a Aro cuando éste le ofreció la paz—. Ofelio me advirtió. Cuando ya no te sea de utilidad, me denunciarás al censor y rechazarás a mi hija.

—Padre, Ofelio te ha mentido —le contó todas las fechorías de aquel sinvergüenza en el que su padre había confiado.

—¿De verdad robó la salsa de pescado? —preguntó Veratio Cornelio al final del relato.

—La mitad de las ánforas que supuestamente envió a Corinto siguen aún en mi almacén —explicó Aro—. Supongo que era eso lo que pretendía destruir con el fuego.

—Que los dioses se apiaden de mí. ¿Qué he hecho? ¿Cómo pude creer a ese pirata? —Veratio Cornelio se tapó la cara con ambas manos.

Aro fue junto a él y lo obligó a levantar la vista.

—Eres mi suegro. Ofelio se aprovechó de ti y de tu enfermedad —le dijo Aro—. Lydia me ha asegurado que nunca le harías daño y yo la creo.

—¿Cómo podría yo hacer ningún daño a mi hija? —tenía los ojos llenos de lágrimas—. Sólo quería tu felicidad y Ofelio me dijo que no eras feliz, hija.

—Te mintió para poder destruir a Aro. Se aprovechó de tu rabia. Si hubieras hablado conmigo, yo te habría dicho que soy muy feliz y que quiero seguir siendo la esposa de Aro. Pero siempre seguiré siendo tu hija —tenía que decir algo más antes de que Aro se marchara—. Igual que siempre seré su esposa... si él me acepta.

—Lydia —Aro le acarició la mejilla—... tú me has dado más de lo que jamás me habría atrevido a esperar.

—Hablaré con el censor y le convenceré de que celebre la sesión aunque se haya hecho tarde —sugirió su padre y salió de la habitación.

—Siempre puedo presentarme el año que viene —dijo Aro con total tranquilidad—. Ahora lo único que me importa es que mi esposa está sana y salva... y a mi lado.

Lydia lo miró sin poder creer que, después de todo lo que le había dicho, hubiera ido en su busca.

—Estás herido, Aro —dijo al verle una mancha de sangre en el costado.

—Sólo es un rasguño.

—No te hagas el héroe conmigo. Déjame ver.

—Viviré, Lydia, pero no deseo vivir si no es contigo.

El corazón se le detuvo por un instante.

—Pensé que te había perdido y me di cuenta de que no podría resistirlo —susurró ella.

—Tengo algo que te pertenece —se sacó la cadenita de debajo de la túnica.

—¿Dónde está el sello de tu padre?

—Donde debe estar, en la caja fuerte del almacén. Se lo daré a nuestro primer hijo —añadió con una sonrisa—. Nada importa si tú no estás a mi lado. No importa que tu padre me retire el apoyo, seré senador cuando lo quieran las Parcas, pero no seré nada si no te tengo.

—No debería haberte tirado el anillo.

Aro se arrodilló frente a ella, le tomó la mano y le puso el anillo.

—Lydia Veratia, ¿volverás conmigo? ¿Te quedarás conmigo y envejecerás a mi lado? Si lo deseas, le devolveré tu mano a tu padre, pero dime que te quedarás conmigo porque sin ti, no merece la pena vivir.

—¿Hace cuánto que sientes eso?

—Supe que eras la mujer de mi vida el día que te conocí —aseguró al tiempo que la estrechaba en sus brazos. Vine con la intención de denunciar a los Veratio y llevar a tu padre ante el censor, pero encontré a la mujer con la que quería compartir mi vida.

—¿De verdad? Tú a mí ni siquiera me gustaste entonces.

En su rostro apareció una pícara sonrisa.

—¿Y ahora te gusto?

—Te amo, Fabio Aro —tenía que decirlo, ya no quería más malentendidos—. Nunca seré el tipo de mujer que quieres. No me gusta tejer y odio los chismorreos y seguramente te desobedezca todo el tiempo.

—Dime que te quedarás conmigo y le devolveré la custodia a tu padre si es lo que quieres.

Lydia negó con la cabeza al darse cuenta de que eso era algo que ya no le importaba.

—Confío en ti y sé que me cuidarás igual... o mejor que mi padre.

—Juro solemnemente que nunca volveré a ser tan autocrático.

—Ten cuidado con prometer algo que no puedas cumplir —dijo riéndose con dulzura—. Antes de los próximos idus habrás vuelto a ser tan autocrático y exigente como siempre... Y no deseo que cambies, Lobo de mar.

—Tu Lobo de mar.

Inclinó la cabeza y rozó sus labios, primero suavemente y luego no tanto.

—¿Sabes lo que dicen de los lobos? —le preguntó después de un rato—. Que se emparejan de por vida.

Lydia apoyó la cabeza en su pecho y suspiró de felicidad.

—¡Aro, Aro!

—Dije que no nos molestaran —protestó Aro al ver a Piso.

—Ha llegado esto del censor.

Aro abrió el sello del rollo y lo extendió. Enseguida apareció en su rostro una enorme sonrisa.

—Por aclamación popular, se me invita a ser senador

Lydia se acercó a él y lo abrazó.

—¡Lo has conseguido!

La apretó con fuerza contra su pecho.

—Si te tengo conmigo, mi amor, lo tengo todo. Lo demás puede esperar.

Aro se inclinó sobre ella y dejó que el papiro cayera de sus manos.

Nota Histórica

Matrimonio *sine manu* y matrimonio *cum manu*, en otras palabras, quién tenía el control sobre la fortuna de la mujer y ejercía de su guardián. Resulta sorprendente que hacia el final de la República la mayoría de los matrimonios fueran *sine manu*. Las propiedades de una mujer y el derecho a solicitar el divorcio quedaban en manos del padre o tutor, no pasaba al marido. Al no estar prohibido que las mujeres heredaran, un matrimonio *sine manu* aseguraba que la riqueza de la familia se quedara con la familia en la que nacía la mujer. En los comienzos de la República, los matrimonios era casi exclusivamente *cum manu* y había casos de terribles abusos por parte de los maridos; se conoce el caso del asesinato de una mujer por haberse atrevido a tomar las llaves de la bodega. Así se promulgó el matrimonio *sine manu* para darles a las mujeres más derechos sobre su dote. El establecimiento del matrimonio *sine manu* coincidió con una disminución de los derechos del padre sobre sus hijos. El propósito era fortalecer el matrimonio, pero lo cierto es que provocó un aumento en el número de divorcios. La libertad de la que disfrutaban las mujeres casadas al final de la República romana (periodo en el que se desarrolla esta novela) no se repetirá en occidente hasta el siglo XX, como señala Jerome Carcopino en su magnífico libro *La vida cotidiana en Roma*. Además, como los romanos de dicho periodo pensaban que las mujeres de clase alta debían tener una amplia educación para que pudieran enseñar a sus hijos, hubo mujeres muy interesantes, desde la madre de César, Aurelia, y Clodia Metellia (que sirvió de inspiración a la poesía romántica de Catulo, cuya pasión por los sonidos de las clases bajas cambió el acento romano durante generaciones) hasta Sempronia, muy admirada por su ingenio, su gusto por la lectura y su cultura, y Attia, madre de Augusto.

Si quieres leer más sobre el matrimonio y las mujeres en Roma, *La vida cotidiana en Roma*, de Jerome Carcopino, y *El mundo clásico* de Robin Lane Fox son un buen lugar en el que empezar.

TÍTULOS DE LA COLECCIÓN

Amor interesado – Nicola Cornick

El jeque – Anne Herries

El caballero normando – Juliet Landon

La paloma y el halcón – Paula Marshall

Siete días sin besos – Michelle Styles

Mentiras del pasado – Denise Lynn

Una nueva vida – Mary Nichols

El amor del pirata – Ruth Langan

Enamorada del enemigo – Elizabeth Mayne

Obligados a casarse – Carolyn Davidson

La mujer más valiente – Lynna Banning

La pareja ideal – Jacqueline Navin

www.ingramcontent.com/pod-product-compliance
Lightning Source LLC
LaVergne TN
LVHW091624070526
838199LV00044B/933